管 喻 / 著

WAMUDONG DE TIANHUO

娲姆洞的天火

西侯度原始先民取火记

XIHOUDUYUANSHIXIANMINQUHUOJI

山西出版传媒集团
山西人民出版社

图书在版编目（CIP）数据

娲姆洞的天火：西侯度原始先民取火记／管喻著．—太原：山西人民出版社，2020.6
ISBN 978-7-203-11449-9

Ⅰ.①娲… Ⅱ.①管… Ⅲ.①长篇小说—中国—当代 Ⅳ.① I247.5

中国版本图书馆CIP数据核字（2020）第086040号

娲姆洞的天火：西侯度原始先民取火记

著　　者：	管　喻
插　　图：	赵亚军
责任编辑：	翟丽娟
复　　审：	刘小玲
终　　审：	梁晋华
装帧设计：	陈　婷
出 版 者：	山西出版传媒集团 · 山西人民出版社
地　　址：	太原市建设南路21号
邮　　编：	030012
发行营销：	0351-4922220　4955996　4956039　4922127（传真）
天猫官网：	https://sxrmcbs.tmall.com　电话：0351-4922159
E-mail：	sxskcb@163.com　发行部
	sxskcb@126.com　总编室
网　　址：	www.sxskcb.com
经 销 者：	山西出版传媒集团 · 山西人民出版社
承 印 厂：	山西出版传媒集团 · 山西新华印业有限公司
开　　本：	880mm×1230mm　1/32
印　　张：	7.875
字　　数：	155千字
印　　数：	1—3 000册
版　　次：	2020年6月　第1版
印　　次：	2020年6月　第1次印刷
书　　号：	ISBN 978-7-203-11449-9
定　　价：	35.00元

如有印装质量问题请与本社联系调换

秉火明志 砥砺前行

2019年3月28日,运城市芮城县西侯度村北的人疙瘩岭上,身着洁白长裙的翩翩少女在鼓乐声中缓缓蹲身,从山坡洞穴的火种盆取出了一炷圣火。随之,她高擎火把登上圣火台,将火把对准圣火盆,熊熊圣火立即升腾而起。第一棒火炬手从圣火盆点燃手中火炬,开始了万众瞩目的圣火传递。这就是中华人民共和国第二届青年运动会(以下简称二青会)圣火采集暨网络火炬传递启动仪式的精彩画面。二青会组委会、国家体育总局、山西省的相关领导和太原市、运城市、芮城县的负责同志,以及各级体育部门相关负责人等,与当地群众和青年学生同框现场,见证了这一永载史册的伟大时刻。西侯度也因此而瞬间传遍世界,人们知道和记住了这个在遥远的高古时代就以火光照亮了茫茫人寰的中国地名。

远在旧石器时代,芮城县西侯度村一带草丰林茂,湖水映天,飞禽走兽自由生长。适宜的环境成为原始人类理想的生活家园。原始先民们在这里生产生活,繁衍生息。为了生存,他们勇敢顽强地同大自然搏斗,并且努力探索大自然的奥秘,认识、发现和掌握自然知识、自然规律，以便更加适应自然和驾驭自然。长期的生产活动和智慧积累，使得他们对雷电引发的森林和草原之火产生了浓厚兴趣。出于寒冬取暖、烧烤动物及驱吓野兽等生存所需，他们经过不知疲倦地探寻和尝试，终于成功地将天然之火收归人用。恩格斯认为，火的使用，最终把人同动物界分开。人类学会用火是人类世界开天辟地的历史壮举，它明确了"人猿相揖别"的分界线，也打开了人类文明最重要的进化之门。

20世纪60年代至今，山西省和国家历史考古学家在运城市芮城县风陵渡镇西侯度村一带，进行了多次卓有成效的考古发掘，获得大量的石器和动物化石，特别是发现了带有明显火烧印记的动物烧骨化石。经过对这些出土文物的科学检测和仔细研究，科学家得出结论：西侯度遗址是原始先民的重要活动场所之一，早在距今180多万年前，原始先民就在这里开始用火并熟练掌握了用火的核心技术。这是迄今为止全世界考古发现的人类最早的用火遗迹，比之前发现的北京山顶洞人的用火遗迹还要早得多，是人类对原始先民的重大创举和人类进化历史的最重要的考古发现之一。

然而，由于年代过于久远，科学家虽然已经根据出土的文物推断并勾勒出当时人类生活及用火的一些线条，但这些线条十分简略，人们根据这些考古结论，是很难详细了解当时原始先民的生活状态和伟大壮举的。这就有必要用文学的手法把这段故事合情合理地描绘和叙述出来。

《娲姆洞的天火》正是以考古学家所获得的科学发现为依据，通过文学手段，回放和再现了那个时代的场景。它以长篇历史小说的形式，生动讲述了180万年前芮城西侯度原始先民发明并使用火的精彩故事。全书共10个章节、14万字，并且绘制插图40幅，以图文并茂的方式讲演中国好故事，将远古时期鲜为人知的大自然秘境和原始先民的生活样貌，形象逼真地呈现给当代读者。其特点是基本史实可靠，文字语言优美，叙事脉络清晰，具备较高的可读性。《娲姆洞的天火》是迄今为止第一部描写远古人类发明用火的文学著作，填补了西侯度用火只有考古学论著而无文学描述的空白，是宣扬运城市灿烂的远古文化的一部力作，也当是运城市委市政府实施弘扬"六种文化战略"以来涌现出来的文学硕果之一。它既能为运城市所拥有的璀璨古文化锦上添花，彩上加彩，还可以服务于运城市的大旅游战略，更多地吸引全世界的游客和学者前来旅游观光和探索研究。

读者可在了解人类重大历史进程故事的同时，得到精神激励和文学享受。特别是能够从这部长篇故事中，了解远古先民的坚强意志、坚韧性格、坚定信念和艰苦努力。他们不怕天，不怕地，不怕困难，敢于冲破大自然的限制和束缚，打破人类对大自然的原始认知，勇于探索、勇于实践、勇于发现、勇于尝试的先民精神，给后人注入了优秀的遗传基因，也为人类的绵延赓续提供了无比强大的生存法宝。

西侯度用火遗迹是原始先民留给后世的珍贵文化遗产和精神财富。《娲姆洞的天火》能给我们远古的遐思和今时的感动。西侯度先民最激励人心的精神就是4个字：探索，进步。在为实现中华民族的伟大复兴的中国梦的奋斗进程中，我们需要这种不畏艰辛、不畏失败、不屈不挠的伟大探索；我们需要这种敢于打破人类旧有认知，不断取得新研究、新发现、新突破的伟大进步。

今人焉能输古人？我辈自当更英豪。新时代，新使命；新人物，新创举。为了中国梦和人类的共同梦想，让我们秉火明志，砥砺前行！

目 录

001 / 第一章　为了不死的死亡搏杀
024 / 第二章　腥臊世界之无奈
049 / 第三章　呼的成长
070 / 第四章　迎太阳
094 / 第五章　蛮和姝娜
115 / 第六章　娲姆的美意
139 / 第七章　开天辟地
164 / 第八章　活的精灵
186 / 第九章　姝娜奔东
209 / 第十章　火亮地球
231 / 尾　声　赓续的人烟

第一章 为了不死的死亡博杀

深蓝色的夜空缀满繁星。繁星闪烁着五颜六色的亮光。可是它们距离地球太遥远了，因此璀璨的星辉也无法辉映地球。地球上黑漆漆的陆地，静谧是夜的本质和主流。风轻声的吟唱，野猪哼哼啃草，纳犸象悠远的长嘶，林鸟短促的啼鸣，昆虫们羞涩的作声，构成了一支动听的小夜曲。夜色中一切都只能闻其声而不可辨其形。然而夜色阻挡不住生命的运动，反而激发和推动了生命的进程——假如真有一条时光隧道，并且沿着它可以很快穿越到距今180万年前的话，那么生活在今世的人们就会看到那时的夜色和人类先民的生活环境。那是一轴完全不同于现代社会的生活画卷，我们甚至连想象也想象不出来。无论我们对它多么惊诧，然而它当时就是这么一幅画卷。

地球的北半球。这是一片混沌初开、洪荒初度的莽原，也是人类最早的生命家园。就从空旷的莽原东边，传来一阵声势浩大的世界之音——只有地球上才会具有这样的声音。

仔细听，这声音是从动物的胸腔和喉咙里发出来的；再仔细听，还夹杂着物体与物体的撞击声。许多声音组合成为一种猛烈雄浑的冲击波，震撼着大地和苍天，莽原为之屏住呼吸微微颤抖，莽原上任性的风也为之停歇。

"嗷！嗷——嗷嗷！""呜！呜——呜呜！""嗨！嗨吆！嗨！嗨吆！""哇！哇呀！哇！哇呀！"

循声而去，呈现在面前的景象一定会让我们惊心动魄！只见丛林里的一个不大的泥水坑中，匍匐着一头刚刚成年的纳犸象。它半身陷在黏稠的黄泥浆里，长长的象鼻子连嘴巴也杵在泥巴之中，只有鼻尖露在外面出气吸气。坑边上的一棵大树倒下来压在它的背上，粗壮的树干和树干上的树枝上都趴满了人。这些人是为了增加树干的重量才攀到树上去的。他们的目的很显然，那就是要把这头年轻雄壮并且身受重伤的纳犸象摁到泥浆中去，让它再也无法呼吸、一命呜呼。

人们为什么要杀死这头大象？是不是纳犸象伤害了他们的性命，抑或侵犯了他们的利益？都不是。其实，他们跟纳犸象往日无冤、近日也无仇，人与象之间也不曾发生过谁伤害谁的故事。长期以来，人们看见大象就远而避之，因为这家伙太强势了——一头大象就是一座小山，它的力量不知有多大，碗口粗的一棵树，它不用费太大的劲儿就能将其放倒，有时发起威来，它长鼻子一卷，就能将一棵树连根拔起！那披在身上的长毛，每一根都像一根细绳子，使它看起来更加骇人。最可怕的是它的象牙，半米、一米甚至两米多长，前端尖锐，后端粗壮，自然弯曲上挑，重达100公斤以上。天哪，它不费吹灰之力就可以用这对牙戳穿人的身体。只要人们没有猎杀它的举动，一般情况下纳犸象是不会理睬任何人的。在纳犸象看来，这些弱小的人群根本不值得一提。他们虽然手里拿着木棍和石块，可他们很难对强大的象群构成威胁。而且，人属于杂食动物，不会与纳犸象抢夺食物来源。它们虽属庞然大物，却是食草动物，它们是不吃人肉的。因此，大象总是对人群采取井水不犯河水、彼此和谐相处的态度。起码，纳犸象不会无端地主动进攻人群。

可是纳犸象的想法过于天真了。人们总是对纳犸象虎视眈眈，总是伺机猎杀它。无冤无仇不代表无用，人们看见了纳犸象并不是看见了一群动物，而是看见了一大堆食物，一大堆丰盛的食品。纳犸象小山一般巨大的躯体，说到底都是又鲜又香的美餐。

这回轮到这头纳犸象倒霉了。它年轻气盛，虽然身体壮硕，却还没有深谙莽原上的生存法则和生存技巧。昨天傍晚暮色来临时分，它不听象群首领的劝告，独自脱离队伍，来到这个小水坑边喝水。这是个貌似天然的椭圆形土坑，坑底有囤积的雨水。但是水坑的边缘很滑，呈很陡的斜坡，年轻的纳犸象一不小心顺着陡坡滑进了土坑。它并没有在意，认为它可以轻而易举地走出土坑。然而它错了。这个土坑水很浅，坑底的黄泥却很深。这些黄泥又稠又黏，把它的四条腿陷在里面了。年轻的纳犸象试着爬上土坑，但每一次都滑下来了。后来它运用它的智慧和条件，用象鼻缠住土坑边上的一棵树根悬空的大树,企图凭借它助"一鼻之力",将自个身体拉出土坑。就这样折腾了半晌,年轻的纳犸象不仅没有将沉重的躯体弄出土坑,反而将这棵无辜的树木也拽倒了。大树铺天盖地倒在小土坑上,压在年轻的纳犸象背上。一根树杈斜插进了纳犸象的脊梁。此时,这个椭圆形的泥坑已经变成了年轻纳犸的囚笼和坟墓。是啊,一个多么形象的囚笼和坟墓啊。

就在年轻的纳犸象趴卧在泥浆里一筹莫展的时候,它看到十几个人来到泥坑周围。他们来干什么?是来搭救自己的吗?不可能。因为它长这么大,从没听过也没见过人救大象的事情。苍茫的暮色中,年轻的纳犸象瞥见每个人都咧嘴笑着,雪白的牙齿像是锋利的石刀。他们甚至还淌着口水,兴奋无比。这场意外对它来说无异于灭顶之灾,可是人们似乎欣喜若狂!黑夜来临了,人们一个也没有离去。年轻的纳犸象明白这帮人绝对不怀好意。于是它又拼出全力做最后的努力。只见它猛蹬四肢,站起身躯,将背上的大树顶了起来,接着向泥坑攀爬,试图取得突破。岂料坡陡泥滑,树木重压,粗壮的树杈又插在它的体内,它没能成功。最后,它又趴卧在泥水里了,血顺着树杈戳进的地方流了出来。

周围的人见此状况都远远观察号叫,十分紧张。看到大象的努力失败了,人们才高兴地互相欢呼。夜色越来越浓,天上没有月光,只有满天的星斗在闪烁。没有风或者说只有孱弱的微风。忽然有一人喊道:"象群来啦!"顿时人们鸦雀无声。大家竖耳倾听,不远处果然传来一阵刮风似的声响,有人趴下以耳听地,遂听见咚

第一章 为了不死的死亡搏杀

咚的地动之声——那是纳玛象群奔走的脚步声。于是人们匆忙向树林里跑去。他们刚刚离开土坑数十步远，一群黑色的庞然大物便将小土坑包围了。一头身材巨大的母象是这群象的首领。它用大象才能听懂的语言指挥象群帮助年轻的纳玛象突围。只见一只大象用鼻子拖住树枝往外拉，想把树木移开。可是它不敢接近土坑边缘，因此只能拖拽树枝，树枝被象鼻子拉断了。另一只象卷住大树的根部树干使劲拖，但是由于树虽倒根未断，它也无法将大树拽开。还有一只大象不服气，它走到土坑边缘去拖大树，前腿扑哧一下滑到了坑里。象群头领急忙招呼几只大象用鼻子把它拖了出来，还嘱咐其他大象不得再这样冒险。

天黑，坑滑，象群做了种种努力，但是始终没能把卧在泥潭里的年轻纳玛象解救出来。天色渐渐发白了，莽原上现出又一缕新的曙光。象群筋疲力尽，被困在泥坑里的年轻纳玛象已经流了许多鲜血，更是有气无力了。象群首领无可奈何地做出了一个决定，它召唤象群缓缓离开了泥坑向东而去。人们借着曙光的照耀，看见象群首领的眼角流着眼泪。也许这头年轻的纳玛象是她亲生的孩子，也许不是。大象是富有感情的动物，它们对家族的每一位成员都非常珍爱。

象群渐渐消失，朝阳喷薄而出，莽原灿烂辉煌。人们叽叽喳喳吵嚷着，重新把泥坑围了起来。一个身体黝黑的男人叽里呱啦说着话，他的话让我们听起来就像是今天类人猿或大猩猩的叫唤，根本不像话。然而他率领的那一伙人能够明白他的意思。他们勇敢地顺着树干爬

第一章 为了不死的死亡搏杀

到了大树上，并且用手里的木棍猛烈击打纳犸象的头部，狠戳它的眼睛。还有人用木棍扎进年轻的纳犸象的鼻子孔。年轻的纳犸象挣扎着，发出阵阵哀鸣。它的眼睛被扎瞎了，身体被泥浆粘住，背上压着大树和十几个人，象鼻子里被插进来一根木棍。唉，这简直要命！

年轻的纳犸象的生命现在真的十分危险了！而这伙嗷嗷乱叫的人更加肆无忌惮了。他们骑到树枝上用木棍狠扎大象的肛门，还用石块砸大象的脑袋。可怜的年轻纳犸象就这样被四面攻击着，如此下去，它只有等待死神的召唤了。然而它的心脏还在猛烈跳动，它不甘心就这样放弃自己宝贵的生命。终于，年轻的纳犸象怒吼一声，身体突然拱起，并且颠了几颠。这一颠，把骑在大树枝上的3个猎手颠到泥浆坑里去了。年轻的纳犸象躯体稍稍侧翻，就把其中一人卷到象肚子下面去了。他的一只手从泥浆里伸出来抓挠了几下，就停在空中了。另外两人拼命从泥坑里往外爬，同伴们伸出木棍把他们拉了上来，差一点丢掉性命。

黝黑的男人愤怒地说着话，有四五个人听了他的话就离开土坑往树林那边去了，其余的人继续跟大象战斗。看来，他们的目标是尽快杀死这头年轻的纳犸象。果然，刚才离去的男人们很快又回来了，他们每人都搬着一块大石头，每块石头的重量都有十几公斤以上。黝黑的人十分兴奋，他接过一块石头，走到土坑边缘，双手将石头高高举起，举过头顶，然后照准大象的脑袋砸了下去。又准又狠，石头咣的一声落在大象脑门上方，又引起大象的一阵痉挛。这些强悍的人一个接一个地用石块砸击象头，年轻纳犸象的脑袋被砸坏了，黑红的血液染红了黄褐色的泥浆。大象开始哀鸣着，大约是倾诉它心中的哀怨。它的躯体最后又动了几下，就趴在泥浆里不动了。

人们嗷嗷地欢呼起来。此时已经接近中午。黝黑的男人指派一个男人回居住地报信，其余的人原地歇息。大伙提心吊胆地奋战了一天一夜，没喝水、没吃食物，因此又饿又困，极度疲惫，躺到草地上就昏昏欲睡。黝黑的人让所有人都必须坐着，而不能躺着。他不断提醒着：不要睡觉，不要睡觉！可是大多数人还是背靠着树干进入了梦乡。他们实在太困了！

黝黑的人虽然提醒着大伙，可他也是困得睁不开眼皮了。就在他蒙蒙眬眬似睡非睡的时刻，却一下子惊醒，从地上跳了起来！他大声呼叫同伴们，自己也迅速躲避到大树后面去了。人们纷纷惊醒，连滚带爬各自逃命。发生了什么事情？原来是一群纳犸象冲到了跟前！它们有六七头之多，个个体格彪悍，显然是象群首领派来营救年轻的纳犸象的。而当它们看到了泥潭里头破血流的同伴，就发疯似的朝这伙人冲击过来！

黝黑的人避过了大象的进攻后仔细观察，发现有两头大象的象牙有点不对劲。为什么？因为平时的象牙是长而圆并且微微上翘的两根，现在它们的象牙上则多了一个物体。是什么物体？拭目细瞧，啊，原来是两个人体！这两个人体分别被两头大象的象牙从腹部刺穿，而后被挑在象牙上。他们是在睡梦中惨遭厄运的，甚至连叫也没叫一声。

黝黑的人哇啦哇啦叫着，呼喊所有活着的人各自小心。他自己则挥舞木棒敲打着地面和树木，还嗷儿嗷儿怪叫着，这是最原始的一种声波武器，他想把大象吸引到他这边来，以掩护其他的人逃脱。可是大象们没有上当。它们已经杀了两个人了，无意再追杀所有的人。只见大象把那两具死人从象牙上甩脱，然后缓缓围着土坑转圈圈，它们嘴里发出呜呜的呼唤声，可是年轻的纳犸象已经没有回音了。

过了很大一会儿，大象们开始用象牙轮番戳刺那两具死去的人，还用象脚踩踏。很快，这两具尸体变成了一堆肉酱和碎骨。大象们对着土坑的同伴哀叫了一阵，用象鼻不断拍打土坑的泥土和树枝，然后默默离开了。

象群前脚走，人群后脚来。黝黑的人派去送信的人回来了。他的身后还跟着一大群人，有男人有女人，有老人有少年。其中有一位中年妇女，他们都叫她娲姆。她是这群人的领袖人物。她首先来到那两堆被大象踩踏而成的肉泥跟前，闭住双眼轻声念叨了几句，然后让几名青壮年把肉泥收拢起来，在树林里刨了坑将其掩埋。人群里有人啜泣，有人哀叹，都在为死者哀悼。

黝黑的人走到娲姆面前说："娲姆，这都是我失误了。大伙很困乏，没想到象群此刻来了。咳，顷刻之间，两命归天！您责罚我吧。"娲姆说："我们的人10年都没有猎过大象啦。此物重大，凶猛无比，不搭上几条性命哪儿能够轻易捕获？你们立了大功呀。不过，今后也应该吸取教训：捕猎期间决不能掉以轻心呐。"黝黑的人认真地点了点头。娲姆让随行来的人把他们带来的水和野果分给狩猎大象的勇士们吃。水是用野兔皮筒盛来的。娲姆的人捉住野兔后，用石片作刀，从脖颈处割开野兔的皮毛，然后整体环剥下来。野兔皮成为一个自然的皮筒，再把肛门处的洞眼扎住，用它来装水滴水不漏。

就在勇士们喝水吃东西的时候，娲姆已经指挥众人用带来的粗藤条缚住土坑上的大树，大家伙拽住藤条一起用力，慢慢把大树从土坑上拖开了。人们一阵欢呼。此时勇士们也吃完了东西，他们跳到年轻的纳犸象背上，脸上洋溢着征服者的自豪。

黝黑的人对娲姆说："我们怎么才能把它弄出泥坑呢？"娲姆仔细看了看土坑说："大伙挖土修一道斜坡，再想法把它拽出来。这样的话，就可以宰割它啦。"

人们情绪非常高昂。为防止象群再来袭击，娲姆吩咐一名老者到不远处去放哨，看见象群就赶快警报。这时，人们手中的石刀、石铲、石斧和木棍、木杈都派上了用场。他们用这些工具挖掘土坑的一面土壁，把挖掘的黄土与坑里的泥浆混合，然后用双手把干稠的黄泥块捧到一张张兽皮上，然后包起来提到不远处倒在地上。不长时间，土坑边缘就出现了一个斜坡，而且坑里的泥浆也被清除出去了。人们找到了被大象压在坑底的那个伙伴的尸体并把他掩埋了。

黝黑的人用结实的藤条套在了大象的脖子上，其他的人则用藤条拴在大象的两条腿上。接着，所有人都来拽这三根藤条。二三十个人拽了一会儿，累得气喘吁吁，沉重的大象像泰山似的一动没有动。娲姆叫人把大象身子下面的黏泥掏空，以减少阻力，然后又在大象肚子下面穿过一根藤条。大伙重振精神再拖大象。人人手攥藤条，双腿蹬地，眼珠暴突，身体与地面呈45度夹角，所有的人把自己身上的所有力量都拿了出来，然而还是拖不动这头小山。娲姆叫大伙停下来喘口气，她微蹙眉头盯着年轻的纳狲象思考办法。

时间在匆匆流过，日影已经偏西。人们歇息了一会儿，又恢复了精力，于是喊喊喳喳开始讨论大象的事儿。黝黑的人走到娲姆近前问："娲姆，我们为什么要把大象拽到土坑上面呢？"娲姆答："拽到平地上便于我们动手宰杀它。我们必须将这头巨物分割开来，才能搬运回去啊。"黝黑的人说："娲姆，既然这样，我们不如把土坑挖得大些，挖得跟平地差不多。这样，我们就在原地把大象分解了。"娲姆高兴地说："好啊，好啊。这办法好！就这么办吧！"

人们听到娲姆这样吩咐，也都非常兴奋。因为他们刚才尝试过了，知道若想把这象弄出土坑，简直是力所不能及的。可是若要把土坑挖大些，那就不算什么难事了。大伙嗷嗷叫着，还哼着劳动号子，他们使用各种工具，刨的刨，剜的剜，铲的铲，围着土坑的四周干得十分起劲。妇女和少年更是十二分踊跃。为什么？因为挖土刨土是他们力所能及的活儿，待会儿开始宰割大象了，那他们很可能就插不上手了。

松软的黄土被人们一点点地运到土坑外面去了，土坑不断在扩大。黝黑的人和一些壮小伙把一些干土捧到大象的身子周围，让干土吸附了残留的泥浆，然后把泥浆和湿土彻底清理干净了，把粘在大象身上的泥巴也彻底清理干净了。

猎杀这头受伤的大象确实不易，然而宰割它更非易事。当人们把土坑扩大了两倍之后，大象身体周围自然形成了一个平坦而宽展的土场子。于是宰割工作随即开始。大象的皮肤很厚，很结实，人们把巨大的长条石片用草藤固定在一根树枝上，石片锋利的一面朝外，这样，两个人一上一下或面对面拉动石刀，石刀就能把大象的皮肉切开了。可惜这样的大石刀他们只有一片。小一些的石刀石斧石铲多得是，几乎人手一件。人们围在大象四周各自施展本领。成果不断涌现——先是大象的耳朵被切割下来了，接着是象鼻子被砍斫下来了，然后是大象右侧的肚皮被割开了。人们每取得一个成果获一个进展，都要情不自禁地欢呼庆祝。劳动气氛愉快而活跃。

这头年轻的纳犸象刚咽气不久，它的血液还未凝固。因此，鲜红色的血液从人们切开的皮肉处汩汩流淌。娲姆让人们暂时停下手中的石器歇一歇，然后招呼几位老者和妇女少年去啜饮象血。他们各自找到了合适位置，用嘴巴对着大象身上涌流的血泉咂吮着。温热的液体就好比红色的牛奶。喝过了象血的人迅速离开大象，没喝的人则继续在血泉上啜饮。有一妇女喝罢象血之后，用随身携带的大蚌壳收集了一蚌壳象血捧给娲姆说："娲姆，大伙都喝过了。你也喝点儿吧。"娲姆接过蚌壳一饮而尽。她擦了擦嘴唇道："好鲜好香啊。"

太阳西斜了，人们现在已经刨开了大象的腹腔，切掉了大象肚皮上的肉。大象的肚子里有人们爱吃的美味：象肝、象心、象肺，还有象肠和象胃。这些都被一件一件摘下来。娲姆吩咐一部分人继续宰割大象，另一些人则把切割下来的肉块和脏器往居住地搬运。好在居住地离这儿并不太远，他们很快就返回来、又很快背着肉块走了。

傍晚按时来临了。夕阳无情地钻进西天的云霞里再也不出来了。雀鸟都飞回了自个的窝巢。莽原上的昼行动物开始收兵回营，而夜行动物正跃跃欲试。远处隐约传来剑齿虎和不知名猛兽的长啸声。人们听得真真切切，不寒而栗。娲姆对宰割大象的人说："天要黑了，猛兽要出窝了。大伙赶紧收拾东西回家吧。"

黝黑的人说："娲姆，这头象才宰割了不到一半，尤其是它身上的好肉都还没有割下来呢。如果我们现在走了，明天它可就剩下一堆骨头架啦。"娲姆说："说的是，现在舍弃它实在太可惜了。可是，我们必须撤离。大伙儿都听见了，剑齿虎说它要来这儿抢食啦。我们宁愿把象肉让给它，也不能去当它的食物。"

黝黑的人说："娲姆，你赶快带领大伙走吧。我愿一人留在这里看守大象，尽量保住我们的猎物。"娲姆迟疑了一下说："好吧。那么大伙再费把力气，用这棵大树把大象盖住吧。"人们明白娲姆的意思，大家抬的抬，拉的拉，拽的拽，把那棵从大象身上移开的大树又移到了大象身上。对食肉动物来说，这棵大树的枝枝杈杈便成了象肉的保护屏障了。

娲姆带领大伙刚刚离去，一只剑齿虎便窜到了年轻的纳犸象跟前。当它溜达到距此2千米之外时，就已经嗅到了象肉的香味。在这一带莽原上，剑齿虎算是王者。它什么模样？嘿，粗壮的腰身，浑圆而结实，披一身黄色与深褐色相间的美丽皮毛，两只铜铃般大小的眼睛，凶光四射，血盆大嘴里长满雪亮的白牙，更为可怕的是：它有两根长牙从口腔里伸出来，足足有30厘米左右，形似两把利剑，可它比利剑还要厉害。捕捉猎物的时候，剑齿虎就把这两根利剑直接刺进动物的身体。小型动物如野兔、小鹿会立即丧命，较大的动物如麋鹿、野马也难逃一劫。

黝黑的人看到了剑齿虎，可是剑齿虎没有发现他。一是因为此人隐蔽在土坑附近的一棵枝繁叶茂的大树顶上，不易被剑齿虎看到；二是因为这只剑齿虎早被大象的气味弄得神魂颠倒了，它现在想的只是美餐和饱餐，别的东西都忘到一边去了。再说，它根本不惧怕任何别的动物。虽然它难以抵御纳犸象，尤其是雄性纳犸象的进攻，然而它知道纳犸象是不会轻易对它下手的，只要它不偷猎纳犸象的幼崽和病弱者。因为纳犸象也认为剑齿虎属于难以对付的对手。

象肉在哪里？剑齿虎一眼就瞧见了它覆盖在大树下面。对剑齿虎来说，这些树枝树杈根本对它构不成障碍。它轻轻松松就拨拉开树枝，开始撕扯大象了。哈哈，真是幸运极啦，那厚厚的象皮已被人类切开了，裸露的象肉肥美无比，它无须费力就可以享受这一顿盛宴了。谁知它刚吃了两口，就突然惊跳起来，飞跑着离开了大象。为什么？因为它听到一种嘹亮而宏大的声音，这声音直入耳洞、震撼脑洞！莽原上所有动物的叫声剑齿虎都很熟悉，可是它从来没有听过这么高亢刺耳的长啸声。什么动物如此胆大，竟敢在莽原之王进食的时刻放声大叫？

不可知的东西会产生无名的恐怖，剑齿虎被吓着了，它往远处窜了十几步才停住脚步四面观察。树林静悄悄的，地面上什么动物也没有。那么树上呢，是不是有怪鸟在叫？剑齿虎仔细搜寻，终于发现附近的一棵大树上有一个黝黑的人形。声音是他发出来的吗？这种两条腿的动物跟猴子很相似，但是他们比猴子长得高大强健，比猴子更聪明顽强。他们既能攀树又能奔跑，上肢还会抛扔石头和木棍。这些年来，剑齿虎经常与他们近距离相遇。他们从来没有主动向剑齿虎进攻的意思，而剑齿虎却总是一蹦一跳地扑向他们，以展示自个的威力。每遇到这种情形，那些两条腿的人就飞快地上到大树之上，剑齿虎对他们吼叫几声之后便悻悻而去。因为它的老祖宗没有遗传给它们爬树的基因。不会上树大概是莽原之王唯一的缺陷。

嗯，今天天已经黑了怎么他还上在树上？剑齿虎思考了一下就恍然大悟了：这头纳玛象原来是他们的猎物啊。怪不得许多象肉和内脏都不见了！哼，这个黝黑的人肯定是留在这里看守战利品的，刚才的怪声肯定也是他喊出来的。想到这里，剑齿虎便三窜两跳地来到了那棵大树下。它恨不能上到树顶把那人用剑齿戳下来，然后尝一尝人肉是什么滋味！于是它对着树顶大吼了一声："呜哇！"黝黑的人没有丝毫害怕，而是突然间长啸一声："日儿——！"剑齿虎又被这声音吓了一跳。它被激怒了，平地往上一蹿，蹿起来好几米高，虎爪用力拍打树干，打得树枝哗哗作响，树叶纷纷坠落。"日儿——！"树上又是一声更凌厉的长啸。这已经是剑齿虎今夜听到的第三回长啸了，所以它不害怕了。明知伤害不了树上的人，可是剑齿虎还是要一蹿一跳地扑打树干。假如不这样做，那么它还是莽原王者吗？而树上的人不断发出难听的尖叫来戏弄剑齿虎。

要不怎么说人就是人、动物就是动物呢？人的智慧是任何动物都不可比拟的。黝黑的人骑在高枝上不断撩逗剑齿虎，剑齿虎竟然大上其当，它忘记了自己要吃的美食，却在树下狂躁蹦跳。折腾了半天，剑齿虎累了也饿了。它想起了近在咫尺的象肉，于是迈步去享用美餐。这时，它的天灵盖上咚的响了一声，它感觉头晕了一下，天灵盖上很疼。怎么回事儿？原来树上的人抛下来一块石头，正砸在它的脑门上。

"哇呜！"剑齿虎吼声震荡莽原。它再次被激怒了，比刚才蹿蹦得更高。利爪拍得大树干啪啪作响，把树皮都抓下来一大片。黝黑的人紧紧抓住树枝，不为所动。繁星闪闪眨巴着眼睛，静静地观看这一场好戏。

就在剑齿虎发了一通威风之后，它又想到了象肉。也正在此时，大树上又"日儿——！"叫了一声。剑齿虎瞪大眼睛朝树上看的时候，大树顶上却忽然抛下几个拳头大小的湿土疙瘩，正好落在剑齿虎的眼睛上，土疙瘩一砸到眼睛上便散开了。动物也好，人也好，眼睛里是揉不得沙子的。只见剑齿虎一边用爪子抓拉着眼睛，一边暴跳如雷。可是泥土是不容易很快清理出眼眶的。因此尽管它又蹦又跳的，还是睁不开它的眼睛，看不见周围的东西。

这时，一根结实的藤条悄然从大树上面降落下来！如果是白昼，就可以看清这就是今天下午娲姆他们拖拽大象使用过的藤条。这本是他们捕猎大型动物的神器之一。现在又在这个时间、这个地点出现了。仔细看去，这根藤条的一头缚在大树枝上，垂向地面的这一头则圈了一个圆环。剑齿虎气急败坏地在地上盲目转圈，黝黑的人趁机溜下了大树。他迅速调整好藤条头上的圆环，蹑手蹑脚地走到剑齿虎跟前，猛地出手把藤环套上剑齿虎脖项，并趁势一拽，于是藤环紧紧勒在剑齿虎的脖子上了。

前面说过了：动物就是动物，人就是人，任何动物都是不可与人类同日而语的。盲眼的剑齿虎感觉脖子上有了东西，它也嗅到了人体的特有气息，于是大发雷霆，嗖一声扑向给它套藤圈的人！黝黑的人紧躲慢躲，他的臀部还是被剑齿虎的利爪划破了一层皮。剑齿虎吼叫着，想往前再扑一下，把算计它的人摁在地上。可是它跃不起来了。为什么？因为套在它脖颈上的藤圈刚才被它自个扯紧了。藤条像一根绞索，把它勒得气都喘不上来了。

现在，剑齿虎不去扑咬黝黑的人了，它拼命想挣脱藤条的束缚。可是它越是使劲拉扯，藤圈就在它脖子上越勒越紧。于是它张开虎口咬这根藤条，藤条十分结实而有韧性，一时半会难以咬断。剑齿虎此刻亮出了它的

第一章 为了不死的死亡搏杀

独门利器——剑齿。它扬起下颚，用剑齿绞住藤条，想把藤条割断或磨断。

剑齿虎的剑齿果然厉害！噌噌几下，藤条就被割断了近四分之一！如果这么下去，藤条很快就要被它割断啦。在这危急时刻，一块几十公斤重的大石头带着风声狠狠砸在剑齿虎的虎口上，两根剑齿被砸断了一根，紧接着，又一块大石头也落在剑齿虎的鼻梁上；接下来，石块接二连三砸在剑齿虎的虎头上。现在再看，剑齿虎的剑齿已经全部掉落在尘埃里，平日里高傲的虎头也一片血肉模糊，它再也没有能力去切割藤条了。而它脖子上的绞索正在被黝黑的人越揪越紧，越揪越紧……

树林里安静下来。东方发白，繁星隐退，夜行动物都要下班回窝了。忽然，树林里许多雀鸟喳喳叫着飞了起来。它们是被惊飞的。被谁惊飞的？被娲姆带来的一群人惊飞的。娲姆带着人步履匆匆来到年轻的纳犸象跟前，她呼唤了一声黝黑的人的名字。没听到回应。她又呼唤了一声，仍旧没有回应。这时有人指着不远处的剑齿虎说："娲姆，虎，虎！"娲姆说："大伙各自照顾！"人们呼啦散开躲藏在树后面。娲姆观察了一下说："这是只死虎。它的脑袋被砸烂了，脖子上还套着藤条。肯定是他干的！"人们说："是他干的，是他干的！"

娲姆说："可是，他人去哪儿了？"人们慢慢往剑齿虎跟前走去。忽然有人喊道："娲姆你看，他被剑齿虎咬死了！"只见黝黑的人蜷缩在剑齿虎腹部，虎的一只前腿搭在他的肩头。有人哭了。娲姆蹲下身把剑齿虎的前腿从那人的肩头挪开。这时，黝黑的人突然睁开眼睛掀开剑齿虎的肚皮站了起来。他并没有死！娲姆高兴地拍了拍他的胸脯说："真吓人哪！"人们说："你一人杀死了一只大虎，真行！你是怎么把它杀死的？"

黝黑的人说："过程很简单，我就不用说了。"娲姆说："是的，留下好故事今夜再讲吧。大伙赶快动手割象肉吧！哦，来几个人，先把剑齿虎拽回去！"剑齿虎被拖走了。象肉也被一块一块切割下来搬往他们的居住地。

娲姆让黝黑的人吃食物休息，不让他干活，因为他夜里跟剑齿虎搏斗，费尽了力气。而黝黑的人却要去搬运象肉。他说："娲姆，象肉还很多，我现在不能休息。若是今天天黑之前搬不走这些象肉，我们就只能舍弃了。"娲姆说："你说得不错。昨夜你杀了一只剑齿虎，今夜也可能还有两只要来呢。我们如何对付得了？依我看，你现在就去找娥姬和嫦娆吧，告诉她们多带些人来取象肉。"黝黑的人说："好的，娲姆，我现在就去！"

黝黑的人飞步走去。很快，娥姬带着一伙壮汉来了，接着，嫦娆也带着一伙壮汉来了。她们两个分别是这两伙人的首领。

这里热闹极了。大家把大象彻底分割开来，分割成体积和重量都便于搬运的肉块。这些肉块，将被这3伙人群转运到各自的居住地去。十分紧张而又危险的一次重大的狩猎活动现在总算结束了。这里除了一摊血迹和无数重叠的足迹之外，就只剩下一棵倾倒在地上的大树了。

金色的夕阳喷射着柔和而妩媚的光辉，把广袤的莽

娲姆洞的天
火——西侯度原始先民取火记

原照耀得像镀了金子一样。所有的人和属于他们的象肉，都沐浴在金色的光芒之中，也像镀了金子一样。这时候，我们才蓦然明白：啊，原来这些人，不是现代人，也不是古代人，而都是原始人类。他们身上长满密集的体毛，不穿上衣，也不穿裤子和鞋子。他们的这次猎象活动，发生在距今大约180万年以前……

第二章　腥臊世界之无奈

　　天文学家把太阳叫作恒星，意思是说它是我们这个星系中生命恒久的星球。180万年对人类来说，是非常漫长的时光了；而对太阳来说，只不过是它生命中微不足道的一个时间段。假设太阳也有记忆的话，想必它一定会记得我们在第一章节所描述的人兽搏杀的情景，也会记得人类在其初始阶段所经历的茹毛饮血的生活。然而记得又会怎样呢？我们根本无法与太阳沟通。迄今为止，地球人类的所有故事太阳都知道，可是太阳能告诉我们的东西我们还无法解读呢。我们还是根据考古学家的发现和推论来演绎我们的故事吧。

就在距今180多万年前，就在今天中华人民共和国山西省最南端的芮城县风陵渡镇西侯度村一带，是地球原始人类活动的重要区域之一。

　　那个时候，这里四季分明，昼夜交替，气候温和，降雨适度，因此孕育了一片广大的草原和树木。草类名目繁杂，生机盎然。树木不太高大也不太密集，虽远远不及亚马孙河流域热带雨林那样的葳蕤而繁盛，却形成了地球北半球比较典型的成片树林。得天独厚的气候条件和草木资源，又孕育了种类繁多的古代动物。其中有食草动物，也有食肉动物，还有杂食动物。有性格温顺的麋鹿、三门马，也有身材高大的纳玛象和力量强大的原始犀牛。这里既是各种鸟类的乐园，也是各种昆虫的天堂。春天这里百花齐放，蜂飞蝶舞，香风习习；秋天这里百果熟落，鸟来兽往，虫声唧唧。而弥足珍贵的是：这里分布着大大小小的许多淡水湖泊，其中有些是永久性的湖泊，有些是季节性的水面。雨水丰沛的时候，一条，甚至数条河流能把其中一些湖泊串通起来，连成广阔的水面。天旱少雨的季节，湖泊或与河流暂时断交，它们像一面面明亮的镜子嵌镶在地面，映照着红日、蓝天、彩云和飞霞，映照着众多鸟类翩翩飞翔的倩影。那时候，这片区域还看不到被称为中华母亲河——黄河的雄伟身姿。因为就在它今天流淌的地方，当时只能见到一条穿流于湖泊之间的不大的清流。那惊天动地咆哮万里的黄河，大约是此后130万年到150万年间才得以问世的。这个情况黄河最清楚，而我们在这本书里描写的原始人类根本不会知道。

　　这里还散落着不太高的山丘和土岗。山丘相对高度一般都在百米左右。它们有的连在一起，有的独立成山。正因为它们的存在，众多的生物才具备了更有情趣和味道的生活场所。

　　原始人类把这片区域看成繁衍生息的理想王国。是的，适宜的气候，丰饶的物产，便利的水源，拥有如此完美的生存条件，原始人为什么不喜欢这儿呢？

娲姆洞的天火
——西侯度原始先民取火记

我们描述的这些原始人虽然生活在180万年以前，然而此时他们早已走过了"人猿相揖别"的时代，也完全具备了聪明、勇敢、吃苦、耐劳的人类基本特征。考古学家给他们生活的这个时代取了一个好听且好记的名称，叫作"旧石器时代"。也就是说，这个时候他们已经学会制造石器和使用石器了。不过，他们制造石器的主要方法还是砸或者打，即用石头敲砸石头，用这种石头敲砸那种石头，根据需求在石头上敲砸出锋利或者尖锐的形状来。利用锋利的石头面或者尖锐的石头刃，原始人可以用它切割东西，诸如兽皮、兽肉、草茎、树根等物，也可以用来砍剁东西，诸如树干、树枝、野兽、骨头等物。依靠这些石质的刮削器、砍斫器，他们还可以制造出木棍、木茅等狩猎用具。有了狩猎用具，他们就可以捕捉小到兔子、河狸、野羊，大到野鹿、野马、野牛，甚至原始大象等各种动物了。

当时生活在这片区域的原始人群落有若干个。而本书要关注的，只是其中的3个群落。这3个群落之中，重点关注的则是娲姆群落。为什么呢？因为地球人类成长过程中最重要的故事——发明用火的故事，就发生在这个群落！

我们在本书第一章节里所看到的狩猎场景，就是娲姆群落的狩猎场景之一。180万年前人与野兽的搏杀是何等惨烈而血腥呵。可是没有办法。如果我们的原始人类不是这么搏杀，他们就难以生存，人类的脚步也许就难以走到今天。与所有的原始动物血腥搏杀是人类原始祖先的常态。因为他们需要食物，猎获野兽才能为己食用，道理很简单。就在那一天，娲姆群落成功地猎获了一头陷入泥潭的纳犸象，并且把一部分战利品分享给了邻近的娥姬和嫦娆群落。披着夕阳的金辉，娲姆带领着自己群落的勇士和成员、带着滴答着血液的象肉凯旋。归向何方？归向他们群落的居住地——娲姆洞。

他们的居住地只是简单的栖身巢穴，还不能称为村落或村寨，因为还远远没有具备村落和村寨的基本功能。那么，他们的居住地是什么样子的呢？让我们简单描述一下吧——

这是一座低矮的独立小山，坐落在邻近湖水不足1千米的地方。湖在山的西南方，山在湖的东北方。若从高空俯视的话，这座小山就更漂亮了——它圆圆的山体，扁平的山头，活像一个蒸熟的馒头。不过它却是用黄土高原上典型的黄土做成的馒头。山上面没有高大的树林，只有些稀疏的山桃、山杏、山榆和灌木。山体上生长着浓密的茂草，因此，从春天到秋天，这座小山总是绿茵茵的。娲姆群落的人给这座山叫了一个十分有意义的名称：人疙瘩山。人疙瘩山山体正南面的山脚下，有一段比较陡的土崖。就在这段自然生成的土崖下方，有一个自然生成的土洞。这个土洞可能是土崖塌方形成的。它很不规则，完全不是圆圆的、深深的一个山洞，而像是一个力气强大的巨人用木棍斜着在土崖上扎了一下似的，他扎出了这么一个像洞又像壁的地方，却被娲姆群落的人选中作为他们的居住窝点了。

这个时期的原始人类还不会建房子盖屋子，但是他们知道就地取材。娲姆群落选中的这个土洞壁看上去不

第二章 腥臊世界之无奈

伦不类的，算不上完美的山洞。它的深度不足10米，宽度也只有十几米。然而它坐北朝南，背风向阳，能遮风挡雨屏霜蔽雪。对原始人群落来说，这简直是一个十分理想的栖息场所！也不知娲姆群落什么时候找到的这个洞壁，也许是数百年之前，也许是数十年之前。那时的人们还没有发明文字，甚至还不会结绳记事。因此对自己群落的历史往往语焉不详，就连足智多谋的现任群落首领娲姆也说不大清楚。

不过这根本无关紧要。在那个生存都十分吃力的时代，能够找到一个这样的住处已经万分幸运了。娲姆群落的人也许感受不太明显，因为往往身置其中的人不会体会到它的奥妙，而娲姆以外的原始人群落则对这个洞壁羡慕透顶了。他们寻遍了周围所有的大小山包，无论如何也难以找到类似的好地方。

自娲姆当选这个群落的首领以来，十几个春夏秋冬已经过去了。这十几年来，娲姆领导群落对土洞壁进行了一些改造和建设。比如，他们用木棍和石片把洞壁的地面修得略微平整了一些，还从树林里拉回来枯倒的树木，用树木围堵在洞壁外面，形成一道栅栏。这些树枝、树干上既可晾晒肉干、兽皮和野菜、野果，又能抵御猛兽和外部群落的侵袭。有了这道屏障，娲姆群落的土洞壁越发像一个家了。为了便于叙述接下来的故事，请允许我在本书中把属于娲姆群落使用的这个土洞壁叫作"娲姆洞"吧。

娲姆洞其实距离他们猎杀纳玛象的地方并不太远，大约只有几千米。娲姆群落的人扛着或抱着大块的象肉，经过一段时间的跋涉，就回到了自己的娲姆洞。留守在洞里的群落成员远远就听到了自家群落人的说话声。他们走出树木栅栏，迎上前去。眼见娲姆他们带回来这么多的象肉大家高兴极了。

留守人员大多为群落里的老弱病残人员。他们年迈体弱，身体多病或有残疾，平日里也不便参与狩猎和采集活动，只在娲姆洞内外做一些力所能及的活计。娲姆和群落的人对他们都很照顾，只要有食物，首先分给他们吃；取来了湖水，先让他们喝；只要有兽皮和树皮，首先让他们盖。就连娲姆洞里铺着茅草的地面，也是优先给他们使用。这些地面就是娲姆群落的大床铺，垫着他们采集来的比较柔软暖和的干草，群落所有的男女老少都睡在这个地铺上。

娲姆看看天色，太阳已经落下去了，西方的天边只剩下一抹赤红的云霞。她吩咐大家开饭。吃什么呢？他们猎获的大象肉啊。怎么吃呢？生吃啊。那个时代的原始人类都是"茹毛饮血"，他们都是把猎获的动物生吞活剥地吃掉，无论是飞禽走兽还是昆虫，均一概如此。黝黑的人和群落里的几个青壮男人用石斧、石刀把大块的象肉切剁开来，这很费力气，好在他们都很有力气，也熟悉切割兽肉的技巧，所以象肉很快就被分裂成便于食用的小块。大家把第一批切割下来的肉块递给老弱病残的人和妇女、少年，最后青壮年人才开始进食。象肉虽然粗糙，但人们都很喜欢吃，因为它比起某些草根树根和青草野果，要好吃得多呢。青壮年有了这些美食，自然是眉飞色舞，十分兴奋。他们张开大嘴，用锋利的牙齿撕咬着，咀嚼着，吞咽着，一块象肉很快就下了肚。接着，他们舔唇咂舌地拿起另一块象肉吞咬起来。娲姆看着他们大吃大嚼也很欣慰，她自己也吃了一些象肉，然后看着大家伙一个个被血染红的嘴巴和双手感到好笑。

此时，娲姆的目光又落在了几位年长者的身上。暗淡的光线之下，这几位老者坐在草铺上，双手捧着象肉舔来舔去，舔了半天，他们只舔去了象肉表面的血迹，象肉却没有吃下去一丁点儿。这是怎么回事儿？几位老者张开自己的嘴巴，啊，他们的嘴巴就像一个个黑洞，黑洞里已经看不到一颗牙齿了。原来它们已经掉光了。有一位老婆婆满口淌着鲜血，那不是象肉上的血液，而是老婆婆自己牙床上流出来的。在吃象肉之前，她的嘴里还有3颗牙齿，可是她撕咬和咀嚼象肉的时候，这3颗牙齿被坚韧的象肉弄掉了。

还有一位老年男人是娲姆的哥哥。他看上去骨瘦如柴，眼睛深陷在眼眶之中，走路颤颤巍巍的，似乎每迈一步都很艰难，一阵大风就可以将他吹倒在地上。体质如此孱弱，他又怎么能够吃下去生象肉呢？即使吃得下去，又如何能消化得了呢？

娲姆又看了看天色，夜幕已经徐徐下垂。娲姆知道：现在虽然是晴天，可是今夜前半夜仍然没有月光，因为月亮到了后半夜才会出来。天就要黑下来了。天一黑下来，娲姆洞里就什么也别想看见了。娲姆急切地喊道："呼，你吃饱了吗？"一个黔黑的人应声答道："我吃饱了，娲姆。"娲姆对这个名字叫呼的黔黑的人说：

第二章 腥臊世界之无奈

"呼,香喷喷的大象肉他们却吃不下去。你去查看一下,昨天拿回来的象肝、象肠油还有吗?如果有的话,给这几位长者拿过来。它们总比象肉好咬一点儿吧。"

娲姆群落的所有猎物和食物都堆放在娲姆洞的一个角落里。呼刚刚答应了一声,却听到另一位年长者说道:"不用看了,呼。我今天下午已经看过了,象肝和象肠油已经吃完了。娲姆,不必为我们担忧,其实我们都吃饱了。"

"那就用石头给他们砸一些肉泥吃吧,呼。"呼又是答应了一声,很快取了象肉放在洞口的一块表面平整的石头上,然后用一块小石头一点一点地砸这块象肉。当天色完全黑下来的时候,这位名叫呼的年轻人终于把整块象肉砸成了一堆又软又粘的肉泥。呼把肉泥分给了这些嚼不动象肉的老者和病人,他们在黑暗中摸索着将这些肉泥吃下去了。而娲姆的哥哥一口也没吃,他闻见这腥臊扑鼻的食物就呕吐不止。可是他什么东西也吐不出来,因为他的胃是空的。

娲姆群落的人就在夜的黑暗中慢慢入睡了。仲秋的夜,前半夜还比较温暖,但是后半夜就有点寒意了。霜气毫不费力就侵入到娲姆洞里。大伙蜷缩着身体睡在软草铺上,有人盖着一块兽皮,有人盖着一些茅草。他们没有被子和褥子,那是因为旧石器时代的原始人还不懂得怎样做被褥。明亮的月亮出现在夜空,人们听得见娲姆洞外蛐蛐儿在高声弹琴,还听见夜里活动的猛禽尖利的鸣叫。

天亮了。娲姆群落的人们陆续起床了。他们走出了娲姆洞，走出了大树围成的屏障。睡眠了一夜了，每个人都需要小便或者大便。不远处的灌木丛和草地有着天然的坑洼，男人女人和老人小孩都有自己习惯的大小便场所。然而男女之间并不需要刻意的回避。当时人们谁也没有"男女不同厕"的概念。因为他们每个人都是赤身裸体的。男人们毫不掩饰胸前隆起的肌肉，妇女们也不遮挡胸前吊坠的乳房，大伙认为人体本来就是如此，你看我就像看一匹马或一头大象那样，我看你也是如此。这再也正常不过了，没有任何值得大惊小怪的地方。虽然有些年轻小伙子和姑娘会把一些草藤或兽皮围在腰间以遮蔽羞处，但每个人身上的所有器官都会被其他人看见的。旧石器时代的人跟动物最大的区别是人具有智慧和创造力，他们会制造和使用工具。而其他动物则不能与之平起平坐。

　　人们解决了大小便问题之后，就到人疙瘩山西面不远处的湖水边洗手、洗脸、饮水。说真的，洗手洗脸对他们来说是可有可无的，洗洗也行不洗也罢，然而水是必须喝的。湖水就是他们的大水缸。人们一个个趴在水边，或用双手捧起水喝，或用单手撩起水喝，或干脆俯身趴在水边用嘴直接对着水喝。

　　呼和娲姆一前一后来到湖边，他们喝足了清冽的湖水之后，呼用一张兽皮兜起一包水提到了娲姆洞。他和娲姆一到娲姆洞，就闻到一股恶臭的味道。娲姆知道，这是粪便的味道，可它比平常的粪便更难闻，呛得人简直要呕吐。一定是有人把大便排泄在地铺上了，而且这是个病人，因为他的粪便的味道十分特殊。果然，几个

娲姆洞的天火
——西侯度原始先民取火记

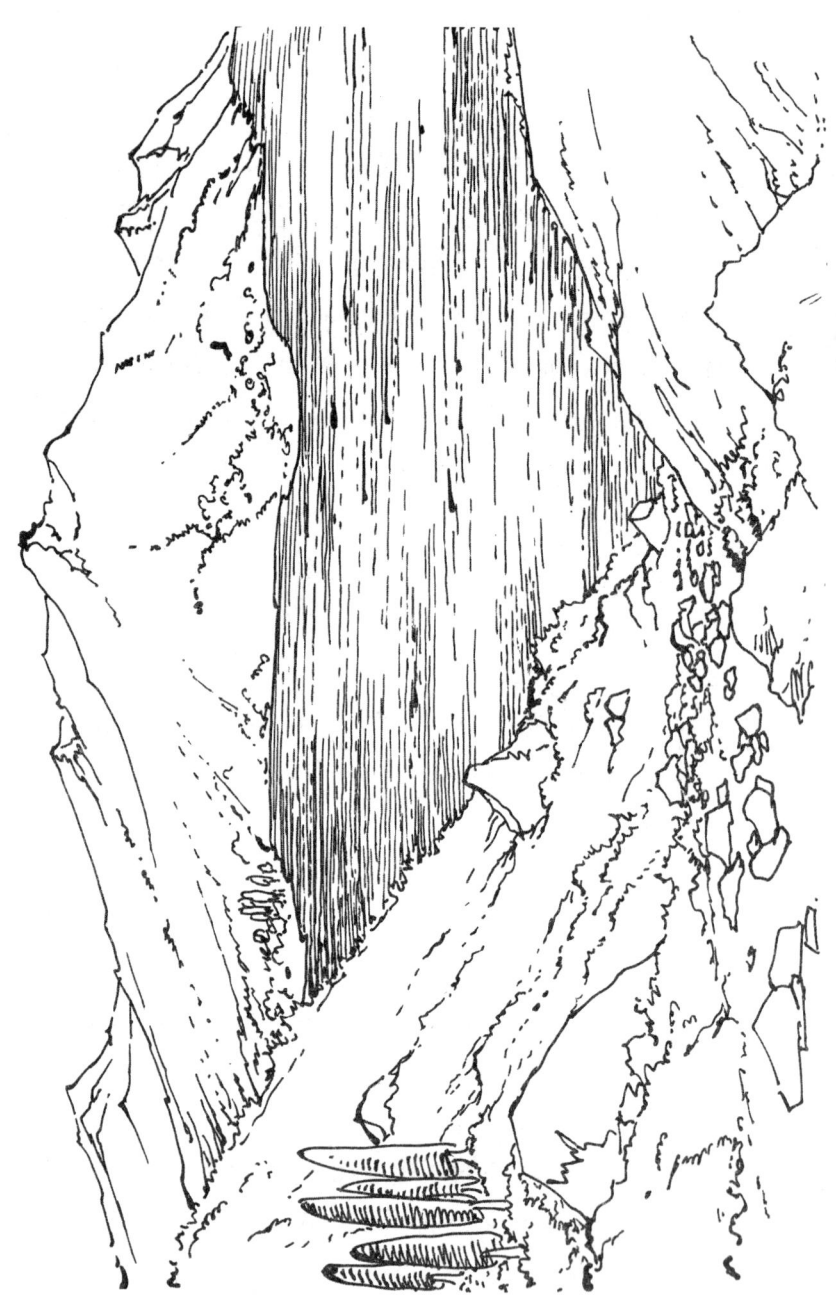

妇女正在洞里收拾粪便和被粪便弄脏了的茅草。她们告诉娲姆说:"果果肚子疼,浑身发热,她还没有来得及起来,就……"娲姆跪在果果身旁摸了摸她的额头。这位名叫果果的老妇女有气无力地说:"娲姆,我昨天吃了些象肉。唉,我的牙嚼不动它,可是我却想吃。这不,吃的肚子坏了,把咱们的草铺也弄脏啦。"

娲姆说:"草铺弄脏了收拾一下就好啦,你的身体可不能坏呀。我这就让人去给你找药草。你吃些药草就会好的。"呼问她喝不喝水,她轻轻摇头说不喝。

娲姆的哥哥躺在娲姆洞的最里面。他刚才挣扎着到外面去大小便,回来的时候突然晕倒在洞口。几个年轻人急忙把他抬进洞里。呼把水提到他跟前说:"干,喝点水吧。"干是这老人的名字,娲姆群里的所有人都这么称呼他。干勉强睁开眼坐起来说:"我不想喝啊。但还是喝上一点儿吧。"呼把兽皮略微展开一些,干手捧着水兜慢慢地饮了几口。他摆摆手表示喝够了,呼就把水兜递给了另外几位年老病弱者。

这时候干猛烈咳嗽起来。他"咔咔咔"地咳着,瘦弱的身体也随着咳嗽声一弓一张,震得洞壁上的土屑纷纷扬扬飘落下来。娲姆过来用手掌由上向下不断地抚他的脊背,可是也止不住他的咳嗽声。

干对娲姆说:"水,这湖水太凉了,把我的五脏六腑全冰透了。咔,咔,咔!"他仍然是猛烈地咳嗽,简直要把娲姆的心都震碎了。

"上午太阳出来的时候,到外面晒晒太阳就好了。"娲姆只有这样的办法了,她知道:在这天气渐寒的秋季，像哥哥这样身体虚弱的老人，能救他的恐怕只有那热烘烘的太阳光了。

太阳果然从东方升起来了。娲姆洞里一片光明。人们纷纷来到洞外面，背靠着人疙瘩山下的土崖，脸面朝着灿烂的阳光。啊，阳光把温暖注入他们全身，人们只觉得血管膨胀起来，浑身充满了活力。干也被年轻人搀扶到太阳底下来了。秋日的太阳非常亲切，干晒了一会太阳，咳嗽明显减轻了。干睁大两只眼睛直对着红红的太阳说道："太阳啊，你就晒吧，晒吧。你把我们身体晒热乎，也把我们喝的湖水晒热乎吧！"这时，他的眼珠被太阳的强光晃得什么也看不见了。身边的人对他说："干，你不能盯着太阳看。你盯着它是什么也看不到的。"干说："年轻人，你不懂。我只有盯着太阳看，才看清楚它是多么的鲜红漂亮！秋天快要结束了，冬天快要来了。冬天里，我们要是能有一颗暖暖的太阳那该多好哇。"年轻人说："干，这颗太阳总在天上，冬天也会在天上的，它就属于咱们哪。"干说："你们不懂，你们不懂。我是说想让太阳落下来，落到娲姆洞里，落到我干的怀抱中……"几位年轻人听了窃窃私语道："干疯了。"干的耳朵还很灵，这话被他听见了。他摇着头颅，微笑着说："你们不懂，你们不懂啊。"

直到太阳落山的时候，干才让人搀扶他回到娲姆洞。他晒了一整天太阳，也咳嗽了一整天。一整天，他没有吃东西，也不敢再喝水。娲姆给他拿来一些软烂的野果子，他也不想吃。

第二天是个阴天，秋风萧瑟，草木纷落。干躺在草铺上没有出去，因为太阳被厚厚的云层遮住了，不晒太阳他出去干什么？第三天也是个阴天，而且还下了一阵小雨。秋风秋雨声中，娲姆群落的人听得最真切的，还是干的猛烈的咳嗽声。第四天凌晨的时候，干的咳嗽声停止了。他的呼吸和心跳也停止了。他蜷缩在被象肉弄掉了大牙的果果身旁，眼珠瞪得滚圆滚圆的，双手展开形成一个圆，似乎想用他捧住天上的太阳。

娲姆和众人都抹着眼泪。失去亲人是全体群落的悲伤。呼和另一名叫作石的男子抬起干的尸体，他轻飘飘的，好似一段枯朽的干木。有人早已在人疙瘩山的西山坡上挖掘了一个长条形土坑。土坑浅浅的，是用石铲和木棍等器具挖掘而成的。这是娲姆群落的归宿之地。群落的人死了，都会埋葬在这里。娲姆在干的脸上盖上一张从湖水里采来的荷叶，并且把干生前曾使用过的一根木棍安置在他的身旁。除此之外，再没有任何陪葬物品。干被一堆黄色的沙土掩埋了。呼和石手捧沙土一把一把抛到干的尸体上，生怕把他的灵魂也埋在沙土里。他们相信：干虽然生命已经完结，但其魂灵仍然永久存在。

娲姆仰面朝天说道："尊敬的上苍啊，我代表娲姆群落，替死去的干问你：那祛病祛疾拯救生命的太阳何时能落到我们的怀中？"

呼站在娲姆身后，也默默复述着娲姆的每一句话。他望着阴云密布的天空，太阳此时躲在云层后头不敢露脸。

几天过去了，萧瑟的秋风停了，天空终于云散日

娲姆洞的天火
——西侯度原始先民取火记

040

出。笼罩在人们心头的悲伤也似乎因为天气的好转而淡化了。娲姆群落的人又像往日一样，投入到紧张的劳动和生活之中。孰知此时又偏偏有不好的消息传来：那位因吃象肉而弄掉了牙齿并且吃坏了胃肠的老婆婆果果也与大伙长辞了！

果果咽气的时候，娲姆就守在她的身边。娲姆心里非常清楚果果是如何丧失生命的。自从她没有了牙齿之后，就再也无法正常吃食物了。不仅如此，她还每天拉肚子。常常失去自控，将大便排在娲姆洞里，弄得满洞臭气熏天。为了照顾她，妇女们就特意在草丛中寻找一些秋天生长的嫩野菜，剜回来给她吃。有时候，群落的人帮她把象肉用石头砸碎给她吃。可是这样的肉泥免不了混杂着许多石渣和小沙粒，下咽的时候很不畅快。于是果果就自作主张，她把几块象肉堆在娲姆洞的一个小角落里，并用一些湿草蒙在上面，以便使它迅速发酵腐烂。腐烂之后做什么用？用它当饭食。腐肉人能吃吗？能吃。这一点儿不奇怪，因为当时的原始人类是经常食用腐肉的。由于食物的短缺，他们不得已而为之。他们如果在树林和草原上发现了动物的尸体，一般都会把它背回来当作食物吃掉，而这些动物，有些已经死亡很长时间了，其内脏和皮肉已经腐烂。像非洲草原上的鬣狗一样，原始人类体内具备食用腐肉的基因，他们的肠胃可以接受这样的食物。

这位老果果总以为吃腐肉要比吃肉泥的感觉好一些，她哪里知道她年老体弱，早就降不住这种含菌量极大的臭肉了。果果狼吞虎咽地吃了不少腐肉，几天以来她第一次吃饱肚皮。吃饱的感觉真的比饿着肚子的感觉要好很多。然而没过多长时间，人们就听见了她的肠子里咕噜咕噜的鸣叫之声。果果抽搐着脸说肚子很痛。她慌忙往洞外面跑，因为她想去大便。可是刚走了两步，她就把泥浆似的粪便喷射出来了。喷射得到处都是，有一位老男人躺在草铺上，恰好被她喷了一脸。几天来，娲姆洞里弥漫着死尸般的气味。气味的来源之一是老婆婆堆积在那里的腐肉，之二就是老婆婆便在草铺上的大便。

一个原始群落就像是一家人。尽管娲姆洞里的空气此时令人窒息，但是大伙儿都很理解，都很宽容，没有人嫌弃，没有人对此生烦生厌。人们劝她不要再吃那些腐肉了。果果嗯嗯地答应着。可是当她肚饥难忍的时候，她又去吃那些腐肉了。上面吃下去，下面就排出来。最后，果果不敢也不能吃那些腐肉了，因为不停地拉肚子把她身体拉得十分虚弱了。尽管娲姆这几天不断让人采来药草为她止泻，可是无济于事……

又是两行眼泪从娲姆的眼眶里淌下来了。干刚刚离去几天，果果又走了。娲姆怎能不伤悲？她痛恨自己没有能力挽救这两条生命。当人们给果果的脸上盖上荷叶、用双手掬着沙土将她的尸首掩埋之后，又听娲姆用悲伤的声音说道："尊敬的上苍呐，我代表娲姆群落，替死去的果果向你祈求：请赐给我们好吃又容易消化的食物吧！"

遍体黑红的呼此时仍然站在娲姆的身后，他又是默默重复着娲姆的祈求。灿烂的秋阳照在呼的脸上，呼紧紧咬着自己的嘴唇，似乎在思考什么事情。他的双眸闪闪放光，神色极其凝重。

娲姆群落的悲伤气氛似乎加快了秋天的结束和冬天的到来。这天早晨，早早走出娲姆洞的人们看到的是一幅山舞银蛇，原驰蜡象，雪片狂舞，漫野皆白的景象。他们不由得缩短脖颈，双臂交叉搂住自己的前胸和肩头。这是一个人类最原始、最简单的防寒动作。因为他们感到了凛冽的寒气——今年的冬天送来了它的第一份见面礼。娲姆洞的人并不喜欢这份礼物，可是他们得照单全收。原始人类对大自然有着十二分的敬畏，却没有一二分的抵御能力。

苍天下雪是苍天的事情，人们该去湖边饮水还得去湖边饮水。年轻的小伙子和少年们把雪看作是自己的玩具。他们在雪地蹦跳着，还把柔软的雪用手捏成雪疙瘩，然后用雪疙瘩抛扔同伴。雪疙瘩打在身上又疼又痒，有说不出的惬意。人们就这样打着闹着、喊着叫着来到了湖边。他们发现昨日还水波粼粼的湖面也覆盖上了一层白雪。有不懂事的少年迈步就要往湖上跑，却被成年人喝住了。他们说："你们想掉进湖水里吗？"孩子们说："这湖水不是结冰了吗？雪都落在冰面上了。"大人们说："冰能浮住雪，却浮不住人。"孩子们说："能浮住人。去年冬天我就在冰面上走过。"大人们说："这是昨夜才结的冰，薄。等到冰冻得厚了，我们才能到冰上走。"

此时，群落里的人已经用石斧将湖边的薄冰破开了。人们一个接一个掬起带冰碴的湖水咕咚咕咚灌到肚子里。喝过水的人嘴里吸溜吸溜的。一人说:"牙冰得麻木啦!"另一人道:"舌头都冻住啦!"还有一人说:"肚子里结了冰疙瘩啦!"有人看了看那冰碴水,一口也没喝就转身回洞了。不用问,他们是惧怕这冰透心的湖水。

雪下得刚刚能够埋住脚脖子就不下了。可是气温急剧下降。草冻了,树冻了,土地也冻了,天地之间的一切似乎都被冻僵了、冻硬了。严酷的寒冬是娲姆群落最难熬的日子。如此冰天雪地,妇女们都不能出去采集了。那些长在草上和树上的果实无法采摘了,那些长在土壤里的植物根茎也无法挖掘了,就连草丛中和树林里的可吃野菜也被冻干了。好在娲姆群落早已储备了一些过冬的食物。他们在夏秋之际晾晒了一些肉干,还晾晒了一些野菜、野果。然而娲姆和她群落的人都知道:这些储备食物只能够有节制地使用。冬日漫漫,春日遥遥,寒冷严酷的日子缓慢而悠远。要想熬到明年春暖花开、紫燕归来,这些食物还差得太多呢。

但是冬季里也不是没有食物来源。天气平稳且没有风雪的时候,人们还是可以到树林和草原上去采集植物果实的。虽然这时节能采集到的东西很少,可无论多少,也是一种对食物的弥补。冬季食物最大的来源是狩猎。男人们是冬季狩猎活动的主角。他们集体出动,或者抓野兔,或者逮野鸟。倘若有条件和机会,他们还会捕猎大型的动物或者猛兽。就像本书第一章里描述的那样,如果运气好的话,野羊、麋鹿、野马、野牛,甚至原始大象都能成为他们的猎物。这些猎获物会给群落的人提供鲜活的肉食。

今天下了不大不小的一场雪，按说它不会影响男人们的狩猎活动。可是娲姆告诉所有的人：今天一概不要外出狩猎了。呼问娲姆这是为什么。娲姆说："寒冬初到，寒气猛烈。冬天初来乍到的时候，人们就感觉特别的冷。不如我们暂时避一避寒冷，等明日或后日天气转暖一些再说。好在前些日子我们猎获的象肉和虎肉还有不少呢。大伙暂且不缺吃食。"

娲姆这么一说，人们都不说话了。呼告诉娲姆他想到湖边去走一走。娲姆点点头说："你们谁想去哪里就去吧。只是冰天雪地的，不宜走得太远，不要去陌生的地方。"

男人们等于是放假了。于是他们或者结伴，或者单独地出去了。还不到中午，呼就回来了。他兴高采烈地向娲姆报告说他发现了一种好吃的东西。娲姆问他发现了什么好吃的东西，呼伸出双手，每只手里都拿着一条十几厘米长的鱼。

呼告诉娲姆："湖里的鱼，我刚刚捉上来的！"娲姆眉飞色舞地问道："冰天雪地，也能抓到活鱼？"呼笑着说："是的，娲姆。我亲手抓的呀。"

原来，早晨人们到湖边饮水的时候，曾用石斧石刀或石块在湖边的冰面凿了几个冰洞。呼去湖边溜达的时候，忽然发现冰洞口有许多鱼儿在探头探脑地往水面上窜。于是呼就猫着腰飞步一跳，一下跳到冰洞口，然后猛地用手一撩，竟把两条鱼儿撩出了冰水。这两条鱼儿不是很大，但真不算小呢。它们能填饱一个壮汉的胃口，也能让两个女人吃一顿美餐。

呼的发现让娲姆异常高兴。她对呼说："走，咱们到湖边看看去！"娲姆来到刚才呼捉鱼的冰洞口，果然看到了冰水里活跃的鱼群。她照呼刚才说的那样伸手撩水，想把鱼儿撩出水面，却因为手太慢而没有成功。鱼儿一下子在冰洞口失踪了。不过刚过了一会儿，它们就又出现了。

呼示意娲姆离开冰洞口。娲姆会意，悄然后退了几步。只见呼嗖地跳跃过去，一下就从冰水里撩出一条鱼来。这条鱼比刚才他抓的两条都大。

娲姆和呼笑呵呵地回到了娲姆洞。人们看见他们又捉了一条鱼，又好奇又高兴。娲姆对众人说："今年冬天我们要有好吃的啦。"她吩咐从明天开始，由呼带着几个青年男子去湖边抓鱼。

第二天上午吃过饭食以后，呼和他的5个同伴就携带着木棍和石刀石斧一类的工具来到湖边。他们砸开十几个冰窟窿，采取用手撩、用木棍击打和用石头抛砸等许多方法，捉了大小几十条鱼。这些鱼当然是大家伙十分喜欢的小鲜肉了，比那又硬又柴的纳玛象肉不知要好吃多少倍。因此大伙人人吃得十分惬意。也许这是他们近来享用的第一顿美餐。

冬天的日子就这么一天天地过去。太阳依然是以往冬天的太阳，可是今年冬天由于有了源源不断的鲜鱼吃，娲姆群落的原始人都觉得今冬的太阳比较暖和。然而就在人们普遍感觉美好的时候，一件不幸的事情发生了。

那是今天下午发生的事情。当时呼和其他5个同伴正在冰湖边上捉鱼。突然，一群麋鹿狂奔而至。但是鹿群并没有跑到他们跟前来，只是沿着湖边跑远了。呼很奇怪。麋鹿怎么会跑来又跑去呢？它们如果是来湖边喝水的，就不会这样急匆匆来急匆匆去的。呼心里正在生疑，却突然看见不远处出现了灰鬣狗的身影。它们成群结队，是一个鬣狗群。鹿群原来是被它们追赶到这里来的。灰鬣狗瞧见鹿群跑远了，于是停下脚步向呼他们张望，随之向他们扑过来。面临这群凶狠饥饿的食肉者，无路可逃，他们几人只好迅速向冰湖上跑去。灰鬣狗龇牙咧嘴穷追不舍。忽然，湖面的冰格嘣嘣响着大面积地碎裂了，灰鬣狗以及被灰鬣狗追逐的人全部坠入冰水之中。灰鬣狗吃了一惊，尖叫着返身游出湖水跑了。呼浮出水面大声呼喊同伴。还好，他们在冰水里扑腾着。水不深，只没到他们胸口。呼体力最好，因此他一口气将3个同伴都拖上了湖岸。这时候娲姆洞里也跑来好多人，男人们急忙跳入水中营救另外两名落水者。这两人已经冻僵了，像僵尸一样沉到了水下。人们如果来得再晚一些，它们非冻死在湖水里不可。人们急忙把这两位落水者抬到娲姆洞放在草铺上。

娲姆吩咐人们先抢救这两个人。几名中年女人用柔软的兽皮和干树皮擦干他俩的身体，还用手揉搓他们的脊背和手脚。他们没有反应。入夜，寒风呼号，娲姆洞里也像冰窖似的寒冷无比。这两名男子还没有苏醒过来。娲姆群落的成年人不论男人还是女人，都轮番用自己的身体来温暖这两个人。娲姆也紧紧搂抱着其中一个，试图用体温来为他祛除寒气，唤回他的灵魂。可是他们依然像石头一样的冰冷。

好不容易挨到了第二天拂晓，娲姆看看渐渐发亮的天空说道："尊敬的上苍啊，我们每个人都尽力了。可是我们身体的热力实在太微弱了，无法把寒冷从他们身体上赶走。祈求你快点让太阳放光发热吧，让阳光用不可比拟的热力复活他们！"

娲姆一遍遍念叨着，呼也躺在草铺上跟着念叨。就在他们念叨之际，天真正大亮了。人们不用走出娲姆洞，就看到乌云密布的天空飘下了雪花，就听到了寒彻骨髓的北风的嘶鸣。娲姆祈求的温暖的阳光一丝一毫没有落地！这两名男子已经变成了石头——他们硬邦邦的，口中残留的水和唾液也结了冰，就跟洞外面的石头没什么区别。好在呼和其他3个人没有生命危险。

第三章　呼的成长

对于生活在180万年前的原始先民来说，温暖而明亮的太阳是他们赖以生存的上苍，是他们最崇拜的圣物。万物生长靠太阳，对于这句话，原始先民比现代人有着更加深刻的理解。而他们对神秘诡谲的大自然变幻感到惶恐和畏惧，因为他们认为大自然是不可沟通和不可抗拒的。可是，人类又不得不在这样的条件下求生存。抱怨是无用的，祈求也无济于事。面对大自然的种种表现和冷酷脸孔，原始人类也在主动地、顽强地探索着，不断丰富着生活知识，积聚着生存智慧。人类因此得以缓慢进化。

上苍未能答应娲姆代表全体群落的祈祷和诉求。天空中黑云诡谲，朔风怒号，今天，比平时的天气更寒冷了几分呢，简直是滴水成冰。这真是：人冷偏逢风雪天！整整一天，娲姆洞的人都在想方设法挽救这两个男子的性命。可是，在当时的生存条件下，他们又能想出什么方法呢？他们把自己顶级的救人绝招早都拿出来了，那就是大伙轮番用体温来温暖这两名男子。天将黑的时候，人们发现这两个男子已经终止了微弱的呼吸。

看到这个情景，呼第一个放声大哭起来。他的哭声引爆了整个群落人的哭嚎。他们一边哭泣一边诅咒太阳，说它见死不救，太让人失望。

娲姆说："请大家不要诅咒太阳。一年四季，神圣的太阳总是给我们温暖和光明。它周而复始地出没，抚育万物成长。没有它，我们无法生活。只是它在高广的苍天之上，它的光芒照耀的是无边无际的世界，岂能洞察我们娲姆人的每一份渴求？也怨我没有与太阳沟通的本领，不能把我们的意愿上达给它。大家如果要责怪，就责怪娲姆吧。"

那几位女人说："娲姆你说得对。我们是一时悲伤才说出这样的话。我们不能责怪太阳，只能向它表达我们的心愿和企望；我们更不能责怪娲姆，你为了整个群落已经尽心尽力了。"

这时，呼擦干脸颊上的泪水说道："草木生长离不开太阳，鸟兽生长离不开太阳，我们生长更离不开太阳。可是，我们却无法像朋友似的与太阳交往，谁也无法知道它的心思。当我们需要它的时候，它却不一定出现；当我们不需要它的时候，它却喷着毒烈的光焰。娲姆，我有个想法：冬天的时候，我们最需要温暖，我们为何不用我们最长的树藤把太阳缚住，不让它随意出没？夏天的时候，我们惧怕它的光芒，我们为何不用最大的兽皮把太阳遮住，不让它随意放光？"

听了这话，娲姆和在场的所有人都轻声笑了。娲姆说："呼，太阳在天，我们在地。太阳如神圣，我们似蝼蚁。天地之事，不是一个道理啊。你的想法，只是一个美好的希冀吆。"

呼不言语了。众人也没有言语，娲姆洞里一时寂静无人声。就在这落发可听的寂静之中，人们忽然听到了怦怦的声音，那是从呼的胸膛传出来的心跳声。人们谁也不曾听到过这么铿锵有力的心音！

呼忽然挥动着右臂说："娲姆，各位长辈和兄弟姐妹，我说的话让大家见笑了。长辈们经常说：天高不可及，人小无能力。人若想叫太阳像我们的婴孩一样听从我们的话，那只是做梦吧。这个道理我岂能不懂？不过，我的意思是：天上的太阳我们够不着也管不住，可是，我们能够抓住地上的太阳呀。"

一位年长者说："呼，我们问你：这天地之间，除了天上有一个太阳，难道地上也有太阳吗？""是呀，谁见过地上的太阳呢？"

娲姆对呼说："孩子，你昨天也掉到冰湖里去了，是不是受了寒发烧啊？"她走过去摸了摸呼的额头说："没有发烧。"呼对娲姆说："娲姆，我体质好，一夜就恢复过来了。你以为我刚才是胡言乱语吗？"

娲姆轻轻摇摇头说："我相信你不是胡言乱语。可是，我们从来也没听说过地上有太阳啊。"

呼睁大黑亮的眼珠问："娲姆，我是你生产的，也是你抚育的。我少年时期所发生的一切故事，你没有不知道的对吗？"娲姆说："是的孩子。因为我是你的妈妈啊。人常说孩儿离不了娘，你就在我的目光下成长，你小时候的情形，今天如在我眼前。"

呼说:"娲姆,那么你肯定记得一件事情。那就是我被天火烫伤的事情。"娲姆说:"不仅我记得,你现在活着的所有长辈都记得呢。"

"是的,呼。那是一场冒险的举动,你让人牵肠挂肚。"此时,坐在草铺上的年长者都沉浸到了对往事的回忆之中——尽管他们不知道呼为什么要跟他们提起这件事情。

那是十年前发生的事情,呼当时才不过五六岁的年龄。时值盛夏,一场暴雨过后云开雾散,呼随同娲姆和群落里的几位女人去树林里采集蘑菇。雨后的晴天太阳很亮,晒得人浑身刺疼。但高湿高温正是蘑菇疯长的条件。呼年龄虽小,但是十分健壮;他的皮肤比一般的同龄男孩要显得更黑一些,这可能是因为他特别喜欢在太阳地里玩耍的缘故。天长日久,烈日便赠给他一件黝黑的肤色,以避免他被紫外线灼伤。

此时的呼还没有名字。因为原始人不像现代社会这样文明发达,他们聚群而居,自成一体,对群落以外的社会交往交际也疏而不密。星辰悠悠转,时光缓缓流。对他们来说,给不给孩子取名字完全是很随意和随机的事情。因为孩子一不用开出生证,二不用报户口,三不用上幼儿园,名字对他们似乎是可有可无的。但孩子一旦长大成人,他们就一定会有属于自己的名字。

夏日树林里的景色十分迷人。鸟儿婉转,鲜花铺锦,满眼绿意,充鼻芬芳。娲姆她们在草丛中寻觅着那些无毒且肥大的蘑菇,她们把采到的蘑菇穿在一根细长而有韧性的树枝条上。一根枝条穿满了,就把枝条两头

第三章 呼的成长

用草叶缠在一起，然后把这个蘑菇圈圈套在脖颈上，腾出双手再采新的蘑菇。呼也学着大人的样儿帮着采蘑菇，他的脖子上已经套了两个蘑菇圈圈了。当然，他的蘑菇圈圈很小，还是娲姆帮他把枝条绑好套在他脖子上的。

女人们都称赞这孩子聪明勤快，爱动手干活。其实她们并没有看出来：这个孩子真正与众不同的地方是特别喜欢动脑筋。他似乎对他不知道的所有事情都要提出疑问。今天上午在树林里他已经问了不少问题了。譬如，他指着翩翩飞舞的蝴蝶问："娲姆，它们为什么那么多花纹呀？"他还蹲在树根下面的蚂蚁窝跟前问："娲姆，它们为什么往地下面钻呢？"听到了悦耳的小鸟唱歌，他就问道："娲姆，小鸟吃不吃蘑菇呀？"就连娲姆她们采蘑菇的时候他也会发问："娲姆，树林的草地上长蘑菇，而娲姆洞前面的草地怎么不长蘑菇呢？"

呼提出的问题，娲姆有些能够回答，有些却难以回答。回答不了的问题呼依然追问不放。每到这个时候娲姆和女人们总是说："好孩子，你快快长大吧，你长大了就什么也懂得了。"

听了这话呼就问道："娲姆，我什么时候才能够长大呀？"娲姆说："你过了10岁就长大了。""再过几岁我是10岁呀？"呼又问道。"再过4岁你就是10岁了。也就是说，这树林的树叶还得再落4回、再绿4回呢。"娲姆回答。

娲姆回答的话呼不知道听懂了没有，反正他没有再继续发问。忽然听到呼大声喊道："娲姆，云彩从那边草原上过来啦！"娲姆直起腰一看，嚯，她们只管忙着采蘑菇呢，没注意到黑压压的云彩已从东北地平线上悄悄袭来。这些云彩有的发黑，有的发白，有的发金黄色，它们像翻滚的波涛，又像一群奔腾的野马，一瞬间就把天上的太阳遮住了！

娲姆倒吸了一口凉气说道："姐妹们，天变脸了，估计雷雨很快就来。咱们赶紧回去吧！"她的话刚说完，天空上就唰地掠过一道闪电，接着"咔嚓"响起一个炸雷，大地颤抖，震耳欲聋！

娲姆她们急忙拿好蘑菇朝娲姆洞方向奔跑。娲姆对呼喊道："快跟着我们走啊！""是，娲姆！"呼机灵地回答着。

"轰隆隆隆隆，轰隆隆——咔嚓！"此刻，云雾似乎已经淹没了她们脚下的草地，雷声好像就在她们头顶爆炸，耀眼的闪电就在她们面前飞舞！娲姆跟几个同伴走散了。她大声呼喊她们，呼喊自己的孩子，可是雷声隆隆，云遮雾罩，根本听不到有人应答。那几个女人和呼是走在自己前面呢，还是落在自己后面，娲姆无从知晓，只好根据地形辨认着方向往前走。

就这样在云雾、闪电和雷声中走着，喊着，娲姆不知不觉已经来到了土洞壁前面。与她一起出去采蘑菇的女人刚才都已经回到娲姆洞了。娲姆见她们安全回了洞十分高兴。她问道："孩子也跟着你们一块回来了吗？"女人们说："他没有跟我们在一起啊。难道也没跟你在一起吗？"

娲姆说："云天雾地的，他一定还在树林里呢。"女人们急坏了，说道："那我们立刻去找他吧！"

娲姆洞的天火
——西侯度原始先民取火记

056

娲姆说:"你们已经很疲惫了。我带几个男人去吧!"她叫上几个人,迅速出洞而去。此时刮起了大风,云雾渐渐被吹散。忽然,又是一团团云雾随风而来。不过,这浓云大雾跟刚才的似乎大不相同,因为刚才的云雾只有水的气息而没有别的味道,这团云雾却充满了麻辣辣的气味,使人感到咽喉阻塞难以呼吸。娲姆他们被这云雾呛得不住地咳嗽。好在这云雾来得快散得也快,不大一会儿,它们都飘到远方去了。

刚才的迷茫世界又变成了清朗乾坤。娲姆几人追风赶月似的走着,再往前走不远,就是她们今天采蘑菇的地方了。一股热浪迎面扑来,热浪中充满呛人的柴草燃烧的气味。众人抬眼一望,啊,前面的树林的草地上一片黑褐色。哦,这是被火烧过的痕迹。再往前看。啊,那里有一层草木燃烧后余下的灰烬。说话之间他们就来到了这片黑褐色土地的边缘。土地的中央,还有几根燃烧过的大树在散发着淡淡的青烟。此时,它们已经被烧成了木炭,风一吹,炭火发着暗红色的光。娲姆他们距离炭火有十几步的距离,但是都被这炭火烤得有些难受。

娲姆大声对着树林喊道:"孩子!孩子!"声音刚落,就听到一个童声答应道:"娲姆,我在这儿。"众人循声望去,只见一个少年蹲在不远处的一棵大树根下面。大树的枝叶被烧光了,而这位少年浑身沾满了草木灰,脸上和头上都被烟火燎掉了毛发。他摊开着双手,手掌上都被烧起了浆泡!

这位少年就是娲姆要找的呼!而当时他还不叫呼。

前面说过了,娲姆这个孩子还没有取名字呢。娲姆急忙跑过去,她轻轻掸掉少年头上和身上的灰烬,又轻轻吹掉少年手掌上的炭灰,并用自己的唾液涂在他手掌的燎泡上。她说:"孩子,天火是要人命的呀。它比剑齿虎和灰鬣狗还要厉害多呢!以后见了它就赶紧躲开。"

而这少年脸上不仅没有惊骇的表情,反而洋溢着一种极度兴奋的色彩。他挣开母亲的双臂,在草地上用双手从下往上撩着说:"娲姆,咣,咣!咔嚓!唰,唰唰!呼,呼呼呼!"紧接着他指着那些炭火说:"你看,躺着的大树都呼呼呼呼,一会儿,就变成白灰了!"这少年还怕娲姆他们没听明白,于是就跑到那堆余烬跟前,双手往上一撩一撩地说:"呼,呼,呼!"

娲姆听明白了,众人也听明白了。原来,这少年是用语言和肢体动作告诉他们:刚才天空响着炸雷的时候,一道强烈的闪电自天而下,它把这里的横七竖八倒在地上的枯树引燃了。红色的火焰呼呼呼地燃烧,很快就把草啊树啊烧成了灰烬!

娲姆说道:"孩子,原来你没有跟着我们回去,是独自在这儿看天火呢!你看,它多么可怕呀!"少年对他的母亲歪着脑袋说:"不怕,不怕。"娲姆责怪他说:"瞧你的手掌都被烧伤了,还说不怕呢!"

少年十分认真而神秘地对娲姆说:"呼呼呼,它一会儿往高,一会儿往低,一会儿往这边,一会儿往那边。很好看,很好玩,很了不起!娲姆,它还很热很热,很亮很亮,就跟今天上午的太阳很像。娲姆,你说,它是不是天雷把太阳炸掉一块落到地上啦?"

娲姆回答："它是闪电带下来的天火。我不知道它是不是被天雷炸落的一块太阳。"少年闪烁着黑亮的双眸坚定地说道："它就是天上掉下来的一小块太阳。"

时光如梭，一晃，这位当年的少年现在已经成年。他体格彪悍，性格坚强，果敢而勇猛，它就是现在的呼。为什么娲姆给他叫这个很奇怪的名字呢？其实，这个名字并非是娲姆起的，而是娲姆群落的年长者首先叫起来的。自从那件事情以后，这位少年冒死窥天火的故事就在娲姆群落里流传开来。人们在讲述这个故事的时候，往往会模仿着少年的神情和语气说"呼呼呼"。久而久之，人们便把这位还没有名字的勇敢少年叫作"呼"了……

"娲姆，各位长辈和兄弟姐妹们，我们之中，大多数人都见过呼呼燃烧的天火。你们说，它像不像是地上的小太阳？"呼的话语，把人们的意识从往事的回忆中拉出来了。一位男长辈说道："哦，要我说呀，它像，又不像。它的确像太阳一样有光亮有热力，可是太阳是永恒的，太阳按时升，按时落。天火难得一现，来的时候猛烈，走的时候迅捷。太阳可亲可爱，而天火恐惧危险。"

另一位长辈说道："我亲眼看见过好几次天火了。有两次是在黑天半夜的时候。天雷和闪电把大地点着了，夜空像白昼，野兽都吓得跑远了，草原被烧得乌黑乌黑，所以说天火能够在暗夜里发热闪亮。这个嘛，太阳是做不到的。太阳只能在晴天的白昼出现，它不会出现在夜间。"

一位被呼称为哥哥的青年男子说："是呀,我也见过天火。跟太阳相比,它的确是不像太阳、却又像太阳。天火燃烧的时候,它就在树林里草原上,在我们眼目之前,我们伸手可及。而太阳高高在天,我们只可抬头遥望。天火能够把野兽烧死,把它们的肉烧软烧烂烧得香喷喷的,而太阳才做不到这些事儿呢。"

一位女长辈也说道："是的,天火能把野兽烧得绵软喷香,它好吃极了!记得那是两年前的夏天,呼和石子、豆几人狩猎回来,他们碰巧拾回来一只小鹿,它是被天火围困烧死的一只小鹿。当时咱们所有的人都美餐一顿。那滋味、那感觉,我一辈子也不会忘记,直到今天还嘴留余香呢。"

这位女长辈的话勾起了大家的美好记忆,人们仿佛闻到了天火烧鹿肉的奇香。娲姆洞里,能听见人们咕咚咕咚往肚里咽口水的声响。

娲姆说道："那一顿美食大伙都记忆犹新,毕竟它还不是很久远的事情。天火能够创造这样的奇迹,谁又能想得到呢?我记得,当时那只小鹿背到娲姆洞的时候,香气冲天。同样的鹿肉,天火烧过的却没有一点儿腥臊。我记得当时我还说了一句话:如果娲姆洞的人每一天、每顿饭都能吃到这样的饭食,那该多么好啊!"

"娲姆,呼也清楚地记着你的这句话呢。"呼两眼炯炯发光说:"夜间我睡不着的时候,眼望满天繁星,耳边总是响起你的这句话。我想啊,秋冬以来,我们娲姆洞死去多少人了?干死了,他是咳嗽死的,也是饿死的,因为他吃不了腥臊的象肉和坚硬的食物。果果也死了，她是拉肚子死的，也是吃死的，因为她吃象肉而咬断了所有的牙齿，就只好去吃腐肉，腐肉弄坏了她的胃肠。今天，我的两个好兄弟又死了，它们是被冰水淹死的，也是被严寒冻死的。娲姆，假如，假如娲姆洞壁外面就有一片天火，一片熊熊燃烧的火焰，干、果果和我的两个兄弟会死吗？我看是不会死的。"

"可是天火就是天火，它简直像夜间天上落下的流星一样，可遇而不可求。天火只可以给我们制造一两个难以忘怀的美好故事，而我们是不能依靠它来过日子、依靠它来搭救一些人的性命的。"娲姆说。

"娲姆说得对，娲姆说得对。天火就跟天上的太阳一样，我们虽然很需要，但是我们一辈子、两辈子、八辈子、十辈子，甚至永远永远也不会得到它的。它属于神秘的苍天，不属于弱小的人类。"娲姆群的长辈们一致赞成娲姆的观点。年轻人和少年儿童则默不吱声。

呼平静而且坚定地说："娲姆，各位长辈和兄弟姐妹们，我坚信天火会来到我们身边的，因为它虽然是苍天之物，却是能降到大地上来的。它离我们并不遥远，就在那边的树林里，就在那边的草原上。我早在10年之前就跟它有约会，它一定会成为我们的伴侣和朋友的。"

说到这里，呼迟疑了一下又说道："我已经下定了决心，从明天开始，我就要为此做准备了。"

娲姆说："呼，既然你信心如此坚定，我们都会全力支持你的。你需要什么帮助就告诉我吧。""是的，你需要我们做什么就说话吧！"娲姆洞里的所有成员全都这么说。

呼说:"感谢大家。我是这样想的:这件事情由我一人慢慢准备就足够了。咱们要做的事情那么多,人人都在为生存拼命,决不能耗费大家的精力啊。"

娲姆沉吟了一下说:"呼,咱们就这么办吧。"

一场大风雪又过去了。天晴了,太阳出来了,人疙瘩山银装素裹,雪景妖娆。娲姆洞的男人们都出外打猎了。在雪地里捕获一些小动物以供食用,是每一个男子汉每一天的头号任务。

树林和草原上都覆盖着皑皑白雪。动物们的足迹清晰地印在雪地上。呼和猩猩、草草等5人是一个狩猎小组。他们在草原的雪地上发现了野兔的行踪,然后追逐而去。野兔在厚厚的雪地上跑得很慢,因为雪阻碍了它们奔跑。呼他们没有费很大力气就追上了一只肥大的野兔。人与野兔相距只不过三四步远,可是人捉不住它。野兔忽而左突,忽而右冲,眼看就要抓住它了,它却从人的腋下或裆下往后面窜去了。

猩猩抡起木棍击打野兔,没打着野兔反而把木棍也打折了。呼对大伙说:"我们就用石头打它吧。"说着,瞅准跑在前面的野兔,嗖的一声,将手中的石块抛了出去,正中野兔脊梁。只见它往前翻滚了几下,就卧在雪地上了。草草高兴地跑上前拎起了野兔,野兔的大腿还一蹬一蹬的。而呼却忙着在雪地里寻找他打兔子抛出去的那块石头。这既是他们狩猎的重要工具,也是他们防身的利器。难怪他们刚才逼近野兔的时候,总是舍不得使用石块击打它。他们是担心石块打出之后飞在雪地里找不着了。为了一只小小的野兔，不值得损失一颗非常重要的石头。毕竟，他们每人只带了3块这样的石头啊。每一块石头，都是他们的一条命。

呼先是用脚板在雪地踩探，接着又用手在雪层里面摸揣，花了一大会儿工夫，才把那块石头找出来。于是，他们又笑呵呵地往树林里去了。到太阳西斜的时候，他们已经猎获了6只野兔和1只锦鸡。收获确实不少。此时腿乏人困，肚中饥饿。于是他们分食了一只体温尚存的野兔子。当然，不仅野兔的肉被吃光了，野兔的血也被他们当作饮料哑吮到肚子里了。

填饱肚子就有了精神。呼对几位同伴说："天不早了，该回家了。你们几个带着猎物先走吧。我还有点事儿。"猩猩说："结伴出来，结伴回去，一个都不能少，这是娲姆吩咐的，也是群落的规矩啊。呼，你怎么能不遵守呢？"呼问他："你知道娲姆为什么要我们这么做吗？"

猩猩说："是为了保证我们的性命安全啊。因为我们集体结伴，才好抵御猛兽的攻击。若是走散了，人单力薄，一旦遇上什么，那就很危险啦。"呼说："对呀，她是担心我们发生危险才这样吩咐的。可是，我现在一点危险都没有。你们听，周围鸟叫鹿鸣，一片祥和之声，远处近处，也看不见剑齿虎和灰鬣狗的影子。咱们不要纠缠了，你们快回家吧。娲姆洞的老的小的还等着咱们的食物呢。"

草草问："呼，你究竟要干什么事啊？我们一起帮你干嘛！"呼说："昨天我说过，从今天起，我就要为天火的事情做些准备了。现在,我要到树林里去看一看,找到10年前那次天火落地的地方。那个地方离这儿不远,我找到它立刻就回去。也许你们还走不到娲姆洞的时候,我就追上你们了。"

听呼这样一说,猩猩几人只好背着野兔子先走了。与此同时,呼飞开双腿向树林深处跑去了。他在寻找少年时代亲眼看见过的那场天火熊熊的故址。时光流转,春秋更迭,草木奋发,万象变幻。尽管四五年前呼打猎的时候还曾路过这个地方,但是一晃又过去好几年了。火烧过的地方,树木重新生长起来,掩盖了当年的一切痕迹。加上现在大雪覆盖,呼觉得这一片树林似乎就是当年的火场,可是又不敢肯定。冬天的太阳快要落下去了。呼急忙朝回家的路上跑去,他的身后扬起一道雪粉。远看他腾跃奔跑的样子,简直像一头矫健的公麋鹿。

离娲姆洞还有几百步的时候,呼真的就追上了猩猩他们一伙人。猩猩高兴地问道:"呼,这么快你就找到那个火场了吗?"呼说:"我找到了一片十分眼熟的地方。但是不敢确定它是不是当年那片烧伤我的旧地。等到这大雪融化了,我再去辨认。相信一定会很快找到它的。"草草说:"可惜我们几个都没福气看到那场天火,也不知它究竟在何处。不然的话,咱们现在就去确认!"听了他的话,大伙儿发出一片欢笑声。呼说:"我感谢大伙的支持。"

娲姆看到呼他们带回来这么多猎物便说道:"那一拨打猎的人还没有归来。不过,咱们今天的晚饭已经很丰盛了。"正说着,有几个男子回来了,他们几人是一个狩猎小组，今天运气也不错，竟然捕获了一只步氏羚羊。娲姆很高兴，她吩咐开饭，并嘱咐大伙放开肚皮吃，尽量多吃点这些今天猎获的新鲜肉食。

很多日子以来，大伙总是被一些悲伤的事情弄得十分伤感。直至现在，人们的情绪才真正好起来了。一顿美餐可以调节心情，这在人们缺吃少穿的旧石器时代尤其如此。人们吃着肉，说着话，娲姆洞中其乐融融。草草眉飞色舞地说起了今天雪地里猎兔的事儿，这些事儿就如同他们正在咀嚼的兔子肉一样津津有味。猩猩还提到了呼在树林里寻找天火故址的事儿。长辈们听了都说："嗨，那个地方我们经常路过呀。我们最清楚它在什么地方。呼当时还是个孩子，虽然他曾在那里被天火燎着了天灵盖上的毛，但是他要真正找见那地方，可不是那么容易的事。"

呼听见了长辈们的话，连忙说："尊敬的长辈，你们确定知道那个地方?"一位长辈笑呵呵地说："那肯定是啊，孩子。等大雪消融了，我们就去指给你看。"呼激动地说："那就请长辈们指点!"

日子不管好过还是难过，但只要人们时时刻刻都忙碌着，就会觉得日子过得挺快。这不，一晃悠又是好些天过去了。人疙瘩山阳坡上的雪慢慢化了，树林和草原上的雪也化得差不多了。一个晴朗的天气，呼随同娲姆洞的三位长辈来到了树林中。他们不费吹灰之力就找到了那片"天火落地"的地方。长辈们说："呼，你看到这片树木了吗? 它们虽然郁郁葱葱，但仔细看跟别的地方的不一样——它们都是火烧过之后重新长起来的年轻树木哇。"

呼闪烁着明亮的双眸仔细看了一遍说："是的，就是这个地方！我还记得那棵老榆树呢，当时我就躲在它的后面看火呢。那火下边生在地上，上边可就冲到天上去了。呼呼呼地，一眨眼就把这里的死树、活树和绿草都烧着了！我想凑近点看看它，谁知被火舌轻轻舔了一下我的头，呲啦一声，我头顶的毛就烧没了；火舌又轻轻舔了一下我的脸，又是刺啦一声，我的眼睫毛和脸上的毛也烧成了灰！我慌忙躲到这株大榆树后头，这时我才发现：我两只手背上的毛不知什么时候也被火舌烧光了。"

"哎呀，这么可怕的东西，你为什么还喜欢他呢？"长辈们问他。呼说："各位长辈，你们近距离看过天火吗？"长辈们都说没有，因为谁敢去看天火啊。呼说："这就对了，你只有跟它面对面地接触过，你只有被它的长舌亲吻过之后，你才知道它必定是我们的好朋友，也一定会对我们有益的。这不是我说的，是那天的天火告诉我的。"

几位长辈对呼的话半信半疑。他们问道："呼，现在这片旧火场就算找到了。可是我们不明白，你找它想做什么用啊？"呼回答："长辈，这个旧火场应该是一个雷电落地、天火下坠的地方。它与苍天之间必然有一条通道连接着，因此从太阳上掉下的碎片才能掉在这个地方。我想找许多枯树、干草堆放到此地，这样的话，等下一次天火坠落时，这里自然又会燃起大火。到那个时候，我们就像逮小鹿似的把它逮住，把它逮到咱们的娲姆洞去。"

　　说实话，这几位长辈对呼说的这一段话是半知半解，他们不明白呼所说的通道是什么东西。不过，看着呼信心满满的样子，他们不想让这位年轻人丧失信心，所以就装作什么都听懂了的样子点了点头。

　　这时，一阵西北风掠过这片大火曾经燃烧过的地方，刮得树木的枝条呜呜作响。这片年轻的树木是否在发问：那被娲姆群落的原始人类称作天火的红色火焰，还能第二次在这里燃烧起来吗？

　　就在呼和他的几位长辈刚刚离开这片树林的时候，林子里突然传来一阵人的吼喊声和野兽的惊叫声。这声音由远而至，越来越近。显然，发出这吼声的人和野兽都是朝他们这里快速奔跑的。呼等人急忙驻足观察，只见一头受伤的野猪从他们面前窜了过去。不远处，六七个人拿着棍棒和石器追赶过来。野猪跑得跟跟跄跄，但它一直拼命往前跑。追逐它的猎手们看起来也已十分疲惫了，他们大汗淋漓，上气不接下气。照这样追下去，他们也许会让野猪跑掉。即使最后能够追上它，也还要费很大的力气。

　　呼看到这个情况，没有迟疑，而是立即从斜刺里向野猪跑去。他跑得像一块飞石那么快，又像一只羚羊那么灵巧。这只野猪已经被追逐它的猎手们用石器打伤了，并且它已跑了很远的路，因此瞬间就被呼追上了。呼手里早已预备好了石头，他跑到足够近距离的时候，石头就从他手中飞了出去。啪的一声响，野猪扑哧栽在地上了。原来呼扔出去的石头，正好打在这头野猪的后

娲姆洞的天火

——西侯度原始先民取火记

耳根。后耳根就是脑袋啊，所以它再也跑不了了。

呼担心野猪起身再跑，就冲上前去抡起木棍使劲给了它几下。棍棍都敲在野猪头上，眼看野猪翻着白眼就咽气了。此时追它的猎手们才陆陆续续跑到跟前。看他们的样子，呼断定他们是娥姬群落的人。

其中一个领头的高个子说话了，他们果然是娥姬部落的人。高个子称赞呼击倒了野猪，还夸他身手敏捷准头好。他提出要把一条野猪大腿砍下来给了呼。

呼对他们说："我怎能要你们的猎物呢？这是不劳而获啊。"高个子说："若不是你出手，我们还不知能不能得到它呢。你理当分得一块肉。"

呼坚辞不要，说这不过是举手之劳，并不需要报偿。高个子等人见呼态度坚决，也就不再强求。他们抬起野猪向呼等人告辞说："多谢了。日后咱们会有机会相见的。我们记住你的帮助。"

第四章　迎太阳

原始人类与原始动物的最根本区别，是人类会制造并使用工具，而动物却不会。这是科学家的定论。"人猿相揖别，只几个石头磨过"，伟人毛泽东曾留下这样的词句，将人与猿的差别一语道破。其实，180万年前，与远古先民们同框生活的原始动物种类还有很多。赤身裸体，茹毛饮血，饥食野草野果，渴饮河水湖水……看似原始人类的这些生活特征跟原始动物并没有太明显的区别，可是只有原始人类能够根据自己的需求有目的地砸打石器。而且，他们还会应用这些石器来实现自己的某些心愿。

目送嫦娆群落的人走远之后，一名老者对呼说道："呼，刚才他们真诚相赠，我倒认为你应该收下那只野猪腿。因为那只野猪是你最终打倒的。"呼说："长辈，他们的首领嫦娆是我妈妈娲姆的姐姐，我们两个群落都是亲戚啊。彼此出手帮忙，也是亲戚分内的事儿啊。"

这名老者说："你真是勇敢又善良的人啊。你帮助他们是对的，不要他们的馈赠也没错。可是，就怕嫦娆群落里有人不领情呢。"呼问道:"谁会不领情呢?即使有人不领情,我也不会在意。以后该帮他们的时候还要帮啊。"

老者说:"谁不领情?肯定是那个蛮呀。一身黄毛,长着两只灰鬏狗似的眼睛,两个嘴角一边露出一颗犬齿。知道的,知道他是人;不知道的,还以为他是猿呢。他身强力壮,脾性特别暴躁,动不动就张口咬人,听说他咬断过好几个人的手指,还咬掉过人的耳朵哩!这家伙仗着自己是嫦娆的儿子,对群落里的老者小者都蛮不讲理呢。"呼说:"我也常听说蛮不讲理。可是,这次我们是帮助了他们呀,难道,蛮还要反过来怨恨我们不成?"

老者说:"那就说不准喽。但愿不是如此。"呼他们边说边走,不知不觉已经回到了人疙瘩山下。

此时,高个子等人也抬着野猪回到了嫦娆群落。高个子向嫦娆首领汇报了这次打猎的经过,并且把娲姆群落的呼帮助击杀野猪的情况也跟嫦娆说了。嫦娆问:"啊,呼是我妹妹娲姆的儿子。据说他又勇敢又聪慧,是个好小伙子。你们没有分给他野猪肉吗?"高个子回答:"我们要给他一条野猪大腿,但是他坚决不要。"

"那个呼不过是在死野猪头上砸了一石头罢了。他哪里敢要咱们的野猪腿呢?哈哈哈哈!你说对不对,高个子?"蛮突然张开粗喉咙大嗓音说道。高个子看了蛮一眼说:"野猪当时还跑得挺有劲哩,我们却跑不动了。若不是呼出手快准头好,兴许它会跑掉的。"

娲姆洞的天
火——西侯度原始先民取火记

"你是说呼这小子很能干是吧？你们很崇拜他对吧？真是一群刚出生的乳羚羊！"蛮恶狠狠地骂道。高个子吓得不敢吭气了。嫦娆说道："蛮，不许这样说话！呼帮了咱们，应该感恩才对，你怎么能贬损人家呢？"

蛮说："嫦娆，我最不爱听你夸奖别人！我难道不比呼强吗？哼，有朝一日我碰见了呼，非咬掉他的大拇指不可！"说完，蛮一跺脚走了。他的两颗锋利的犬齿在牙床上磨得咯吱咯吱响。嫦娆对着蛮的背影长叹一声说道："唉，不知天高地厚，以后有你吃的亏呢。"

呼当然不知道在嫦娆群落上演的这一幕活剧了。成功找到了当年的天火燃烧地，他非常高兴。从此以后，他经常利用本该歇息的时间，到山上山下、湖边林边去探勘和寻觅。呼要寻觅什么？他要找一种石头，一种体形大且容易砸打成片状的硬石头。要这种石头干什么？制造工具。制造什么工具？斧头、砍刀等一类能砍、能砸、能斫、能削的石器。有了这些石器，呼才能够去构筑他的新天火场，迎接那神秘的天火再次降临人间。

这是呼的一个完美计划。其内容并不复杂。呼现在要做的，就是往这块昔日的天火场上堆积尽可能多的枯树干枝，营造一个适宜天火燃烧的环境，专门等候天公炸雷时，将那带火的太阳炸掉一小块。这块碎片随着一道闪电自天穹坠落到这里，于是熊熊大火平地而生，滚滚浓烟迎风而起。就像呼小时候看到的那样。如果到了那时刻，呼的计划就大功告成了！

实施这个迎太阳计划之前，呼给娲姆和全体群落成员的保证是他不会影响正常的狩猎和生产活动。也就是

娲姆洞的天火
——西侯度原始先民取火记

说，每天所有的生产劳动呼都照常参加，除此之外，呼才会去忙活自己的那套"天火行动"。因为作为群落里的顶梁柱子，呼的劳动生产是不可或缺的。假如每天没有他参与狩猎，人们也许要饿肚子，甚至要有人因食物不足而丧命。

因此，呼每天都要比群落的其他年轻男人要付出更多的力气和汗水。也不知他跑了多少路，寻找了多少地方，也不知他利用了多少个东方未晓的早晨和月光皎洁的夜晚，反正人们只是看见娲姆洞外堆积的各种石头越来越多了。随着石头的与日俱增，人们也更加清楚了呼的用意。于是一些老者和青壮年没事的时候就帮助呼砸石头。砸石头就是造石器。只见他们搬起石头以石头砸石头，以此石击彼石。有些石头相互砸了半晌，却不破不裂，形体照旧。这是顽石，不可利用。于是他们就把这种石头丢在一旁再去砸别的石块。

砸石头也有砸石头的技巧。这些技巧有一部分是群落的老一辈人传下来的，有一些是他们自个在砸石头的过程中体会和摸索出来的。呼是个很有眼窍且善于学习的人，因此他掌握的砸石头技巧比一般年轻人要多、要好。他知道如何根据石头的硬软和纹理来下手，懂得用什么样的石头砸什么样的石头效果更好，还清楚石击要选择的力度和角度。

"咣！咣！咣！咚！咚！咚！"呼和群落的男人们手中的石头落下去又搬起来、搬起来又落下去。石头砸在石头上，震得地也动、耳也疼。一块块大石头开裂了，一块块大石头粉碎了。人疙瘩山下出现了一片从未有过

娲姆洞的天火
——西侯度原始先民取火记

的乱石堆。可是，呼所期望的石器却砸出来得寥寥无几。

这一天夜晚月光很明亮。劳动了一天，男人们都躺在草铺上睡觉了，女人们则借着月色在整理采集回来的果实和野菜。呼今天一人就猎回来5只野兔，可谓收获颇丰。在草地和树林中奔走追逐了一整天，他虽然正值青春时期，但也感到两条腿很沉重，这十分正常，因为他太劳累了。可是他仍然不肯休息。他只身来到砸石场，望着这一片凌乱不堪的碎石头，不免摇头叹气。这里的每一块石头都是自己从各处找见并背回来的，却又是自己和群落里的人把它们砸碎的。到目前为止，他们仅仅造出了六七把有刃的石斧和四五片能切割树木用的石刀。这怎么能够用呢？虽然呼并不知道他完成他的"迎太阳"计划需要多少这样的石斧和石刀，但他总感觉这还远远不够用。

呼绕着石头堆转了一圈，又抬头凝望着夜空中的月亮。月亮好像娲姆的面容那样可亲可爱，它让人感到平静和安详。呼盯着月亮看了一会儿，心情渐渐好转起来。他对自己说："月亮看着我呢，不能灰心丧气，更不能急于求成。来吧，这里没有砸开的石头还多着呢，继续砸吧，要有耐心。我相信月光会带来好运气的！"

就在"咣咣"的砸石声又猛烈响起来的时候，奇迹真的出现了——呼高高举起一块黑色的石头，这块石头圆圆的，似乎是千百万年来被河流冲刷过的顽石，他对准地上的一块长方形的扁石头砸下去："咣！咔叽！"声音沉闷，有力，震撼。长扁石一下子被震裂了，它裂成了3片不规则的长条形状,银色的月光倾泻在刚刚开裂的石缝里。

呼急忙拿起裂石查看,啊,第一块裂石像一片长刀片似的,40厘米长,10多厘米宽,刀背的一面有五六厘米厚,刀刃的一面则薄而锋利。不用说,这是一把很理想的石刀或石锯了!用它来锯木头或砍树枝,都是当时一流的利器!

呼把石刀小心翼翼地搁到一边,又去查看第二块裂石,啊,这块裂石也类似第一块裂石,它也是比较理想的一把长石刀!呼兴奋得从地上跳将起来,把这片石刀跟第一片石刀放在一起。转身回来再检验地上的裂石,哈,呼只觉得自己的脑袋发胀发晕,血液在全身高速奔流!为什么?因为他又从裂石中拣出3把形同前两把石刀的石刀!

这真是梦也梦不到、想也不敢想的奇迹啊。世界就是这么奇妙,造物主总是以人类意想不到的事物点化和帮助人类前行!呼抬头望月,月亮似乎也笑眯眯的,呼似乎还听见月亮在说话。月亮说:"干吧,小伙子。只要你肯干,就能够得到你想要的东西!"

呼凝望着月亮,心里得到极大的鼓舞。此时,他的耳畔又响起一个轻柔而温暖的声音:"呼,夜深了,该回去睡觉了。"这声音不是月亮说的,而是站在他身后的娲姆说的。不知什么时候,娲姆已走到他身边来了。

呼对娲姆说:"娲姆,你瞧这些石刀!"娲姆微笑着说:"我看见了。你真能干。走吧,回去睡觉。"呼小心地抱起这些石刀,跟着娲姆走了。

日子飞快过去，呼每天都在抓紧时间制造他所需要的工具。石头一块接一块的被砸开、砸碎，石刀、石斧也一件一件被他砸制出来。他把这些工具堆放在娲姆洞的一处角落里，竟然有那么一大堆了。

群落的其他男人也不时地来到砸石场砸石头或挑选石头。他们都得到了自己需要的石器，有的是可以用来刮削、切割东西的小石片，有的是可以用来投掷野兽的石头蛋。反正是人们需要什么石器都到这里来寻找。万一找不着的话，他们就用石场里的石头砸打。因为这里要别的东西没有，要石头那可是应有尽有。

工具齐备了，接下来，呼就要实施他的第二步计划了。他的第二步计划是什么呢？那就是在树林里寻找干枯的树木。最好是死去很长时间的倒在地上的朽木。原始树林的树木都是自生自灭的。树木也像人一样，它的生命是有限的。小树长成大树，大树长成老树，老树再长就死了。树木老死之后仍然挺立在那里不会倾倒。只有过了几年之后，树根和树干才会彻底腐朽。腐朽的树木便会自动倒在地上，或是被风雨摧倒在地。

这一类朽木树林里很常见，可是它们都散布在各处。呼找到它们之后，若树木比较大，拖不动，呼就得使用石斧、石刀将树木分解开来，以便把它们搬到天火场上去。

这天傍晚，呼和同伴们结束狩猎之后，恰巧在树林里发现了一株横倒在地上的枯树。这棵死树有碗口那样粗，有七八米长，显然已经倒地很长时间了。它的细枝已经全部沤烂了，只剩下几根光秃秃的粗枝连着树干，而已经没有了树皮的树干则躺在齐裆深的杂草中。呼拔去树木周围的一些杂草,使劲将这株朽木从地上抱起来,把它移出了杂草丛。它的腐朽程度很高了,因此分量显得比较轻,再说这棵树也不算大树,所以呼完全能够拖得动它。只不过这里距离天火场至少有2000多米的路程呢。

呼把树的根部扛在右肩膀头上,将整个树木拖在身后边,一步一步向前行进。走了四五百步,他已经累得浑身大汗了。于是只好把树木放在地上,人坐到树干上喘口气。休息片刻之后,呼又照旧拖起树木往前走。这回只走了三四百步,呼就觉得走不动了。于是又坐下来休息喘气。接着又向前进。第三回才走了二三百步,呼就顶不住了,于是又停下来休息。第四回在行进的时候,他刚好走了150步,就感到腿软腰晃,力气不够用了。没办法,他只好休息休息再走。好在离天火场越来越近了,呼又给自己鼓了鼓劲,拖着树木奋力行进。终于,他把这第一棵枯树拖进了天火场。

呼到娲姆洞的时候已经很晚了。他吃了些食物就躺倒睡着了,竟然一觉睡到了大天亮。当他想从草铺上爬起来的时候却没能成功,因为他感到肩膀、脊背和两条腿僵硬得不听使唤,稍一动弹就十分酸疼。昨天他拖运那棵树木费了太多的力气,损伤了他的肌肉和筋骨。不过,呼还是硬撑着站起来了。他慢慢活动开自己的双腿,又活动开两只胳膊,然后咬着牙大步向湖边跑去。他用清凉的湖水洗了把脸,似乎也把一身的疲惫洗去了。他佯装什么事情都没有发生过,又和同伴们说说笑笑地打猎去了。人们看到他生龙活虎的样子,谁又知道他身上的每一块肌肉都在肿疼呢?

　　天气晴好,风和日丽,鸟儿唱着动听的歌儿。虽然满身不舒服,但是呼一声不吱。他和同伴们健步如飞地奔走在树林和草原上,犀利的双眼不断四处搜寻着。今天的动物似乎很活跃,它们纷纷出现在他们的视野中。哦,前面草地上,几只小野猪在吃草或嬉戏。呼招呼他的3位同伴呈扇面形分开,迅速向小野猪包抄过去。如果能够捕获其中的一两只,那么今天就算是有了丰硕的成果了。

　　就在他们离小野猪越来越近的时候,忽然有一只大野猪自草丛中站了起来。它长着一个大长嘴,嘴两边的獠牙像利刀似的骇人。不用说,这是一只母野猪,那几只小野猪是她的幼崽。眼看母野猪已经摆好了向他们进攻的架势,呼急忙喊叫同伴收住脚步往后撤退。为什么?因为娲姆群落的每一位猎手都明白:母野猪,尤其是带着幼崽的母野猪是十分难对付的。它为了保护自己的孩子,会豁出命来与你拼搏。其结果往往是猎手们以失败告终。

　　与野猪们渐行渐远之后,呼他们又在一座小山坡发现了一只瘸腿的野羊。于是呼他们4人手持木棍将它包围起来。猩猩一马当先冲到野羊跟前,人到棍落,一棍就把野羊打倒了。然而它咩咩叫着,挣扎起来逃命。猩猩抡起木棍想将它再次击倒,可是打了几棍都没打在野羊身上。呼此时也追到了野羊跟前,他丢掉手中的石块和木棍,猛地往前一窜,整个身体都离开了地面,像一条大鱼似的向野羊扑过去,一下子就把野羊摁住了。

猩猩高兴地说:"嘿,叫你再跑!"他们用几根结实的草茎把野羊的两条前腿缠绑起来,也把它的两只后腿绑在一块,猩猩把它扛在自己的肩上说:"它的肉不太多啊,轻飘飘的。"

话刚说完,就听不远处传来嗷儿嗷儿的乱叫声。呼抬眼一看,只见一群鬣狗朝他们狂奔过来。草草对呼说:"咱们把野羊扔给鬣狗吧。不然,我们会被鬣狗吃掉!"呼说:"咱们快点跑,鬣狗追不上咱们。"猩猩不愿意把猎物丢给鬣狗,他二话不说,背着野羊飞快地朝前跑去。呼手持木棍跟在最后面。跑了不到100步远,鬣狗群就追到距离他们不到100步远的地方了。

呼撵上猩猩说:"让我把野羊扛上!"猩猩说:"我还能跑一阵,跑乏了你再扛。"就这样,他们又向前跑了100步。呼把野羊接过来扛在肩头,飞动双腿唰唰奔跑。猩猩等人则手持木棍和石块跟在呼的身后。鬣狗群越来越近了。草草又惊恐地喊道:"呼,咱们跑不过鬣狗的!它们会一直追到娲姆洞去的!"

呼咬着牙说:"再往前跑!实在不行再说!"跑在最前面的那只鬣狗距离跑在最后面的猩猩只有30步的距离了。草草说:"丢下吧,呼,实在不行了!"呼头也不回地继续向前!

鬣狗们十分兴奋,它们边奔跑边磨牙,因为一顿美餐就快要到手啦。它们嗷儿嗷儿地叫着,舌尖上滴流着长长的涎水和白沫。啊,领先的鬣狗距离猩猩他们不过十几步远了!就在这千钧一发之际,忽听得树林边发出

第四章 迎太阳

一阵"啊啊"的大喊声,随着声音,五六个猎人朝鬣狗的侧面冲了过来。他们手中的石块纷纷飞向鬣狗群,被石块击中的鬣狗发出了啊儿啊儿的惨叫声。呼此时也收住脚步,扔下肩上的野羊,返回身大喊着朝鬣狗冲过去。猩猩等人见状也跟着他冲过去。鬣狗们猝不及防,一下被两伙猎人冲散了。加上不少鬣狗都挨了石头,于是它们夹起尾巴狼狈而逃。

呼他们这才仔细观察这一伙人,领头的男人他认得,他的名字叫膘,是娥姬群落的人。膘也认识呼,他走到跟前跟呼打招呼说:"你们运气不错。这么早就逮了一只野羊。"呼感谢膘一伙人救了他们和猎物。呼说:"我们想把野羊送给你们。"膘说:"听说前些天你帮助嫦娆的人打死过一头野猪。他们要送给你一条猪腿,结果你坚决不收。那么,我们现在怎么能要你的野羊呢?"

呼说:"那和这不一样啊,那只是我的举手之劳。只怪那头野猪倒霉,它的头碰巧顶在我的石头上了。"膘说:"咱们都是亲戚加朋友,不是吗?我们的首领娥姬还跟娲姆叫姐姐呢。不用客气了。我们要去那边打猎了。再见兄弟!"他们呼哨一声走远了。

呼他们带着那只野羊来到了一处树林。这里树木低矮且稀疏,杂草却长得十分茂盛。草窝里突然窜出几只兔子,猩猩和草草立刻追了过去。但没追多远他们就回来了,因为那几只兔子跑到前面看不见了。而此时呼却意外发现这里长着许多好吃的野菜。这野菜他们都认识,因为他们从小的时候起,就经常以这种野菜为食,并且常常跟随大人采集这种野菜。现在他们都长成大人了，所以很少采集野菜了。今天与它们不期而遇，呼决定把这些肥美的野菜采集回去。

几个人采了一些野菜之后坐在草地上，大口大口地咀嚼起来。野菜甜丝丝的，富含水分和养料。每个人都吃了足足一大把野菜，肚子不饿了，口也不渴了。不渴不饿人就有精神了，于是它们又动手把附近的野菜都薅下来。野菜堆了一大堆。如何把它带回娲姆洞呢？他们也有办法。只见呼他们解下围在腰间的兽皮，把野菜放在兽皮上，四个角往手里一攥，就这样提着走了。

呼随同伴们一起把野菜和野羊都运回到娲姆洞之后，一刻也没有停歇。他跑到湖边捧着湖水洗了一把脸上的汗渍，然后又将自己的肚子喝饱了。随后，他没有回娲姆洞，而是径直朝树林里的天火场走去。他们今天的生产活动结束了，劳动成果也比较丰硕。呼利用别人的休息时间，又去找寻那些干树枯木了。他以天火场为中心，由近而远地向周围搜索。为何这样？因为如果离天火场近的地方能够找到枯木的话，就没有必要跑到更远的地方去找寻了。昨天拖拽朽木的教训告诉呼：树木并不是容易搬运的，他要费很大很大的力气呢。一个人的力量才有多大啊！

平时呼在树林里打猎的时候，不经意之间，常常看到横倒在地上的朽木或是枝叶干枯的死树。奇怪，现在他刻意要寻找它们了，它们却似乎隐身一样找不见了。呼一边寻找，一边努力激活那些储藏在脑子里的有关死树的记忆。终于，他想起来了——就在天火场北面不远的一片林子里，他曾发现过许多干死的树木。有一次他和同伴们狩猎经过那里，还躺在那些倒地的大树干上休息过呢。

"对了对了，现在就到那里去吧！"呼自言自语着，他看看天上的太阳，确定了一下自己所处的方位，然后迈步走向树林深处。果然，呼找到了这片地方。他仔细一看，发现至少有十几棵枯树横七竖八地倾倒在树林里。它们虽然不挨在一起，但彼此离得并不远。最近的只有几十步距离，最远的相距不过100步。呼高兴得笑出声来了。

呼到每棵枯树跟前都转了一圈，然后，挑选了一根很粗的大树枝，将粗的一头扛在肩上便向天火场走去。这根粗树枝在大树倒地时折断了，虽说是一根树枝，可是它也有碗口那么粗，简直像一棵中等的树木，跟昨天他拖到天火场的那棵朽木的重量差不多少。即便如此，他拖起来也很费劲。呼扛上树枝刚走了几步，就觉得浑身肌肉酸疼，咬着牙走了一会儿，反倒觉得浑身的疼痛消失了。

由于距离不太远，地上长的杂草又比较低矮滑溜，因此呼很快就把这根大树枝拖到天火场里了。他把它跟昨天拖来的那根朽木并排放在一起。此时他脊背上的毛发已经被汗水湿透了，围在腰间的兽皮裙也被胸前流淌的汗水弄湿了。可是呼心里觉得很惬意，他觉得他耗费这么大的力气也很值得，因为现在一片郁郁葱葱的天火场，已经出现了干黄的枯木了！再过些日子，这里将会出现更多的枯树干枝，它们堆积在一起连成一大片，太阳从天上走过的时候肯定能够看见它们。呼的目的就是要让太阳看见它们，然后向这里投下一块太阳的碎片。啊，如果真的如此，那么这片火场就重新燃烧起来了。到那时，呼就可以把太阳抱在自己怀里了！

原始人类也有自己的梦想。呼一边用手背揩着热汗，一边憧憬着那令人神往的未来。他的眼前忽然出现了一个奇幻的景象：这一片长满树木和青草的天火场上腾起了五颜六色的火焰！火焰直冲云天，光芒喷射大地。娲姆洞的人和娥姬、嫦娆群落的所有人都笼罩在彩色的光芒之中，并在光芒中慢慢地升腾、升腾……

呼沉浸在眼前这奇异的幻象中，又惊又喜。他自言自语地问自己：这是怎么回事儿啊？他慢慢伸出手来，去触摸那彩色的光焰。啊，手已经伸进光焰里了，而那些跳动的光焰不热也不凉，他的手并没有什么异样的感觉。呼很奇怪，用手扇了扇光焰，光焰呼一下不见了。呼定睛细看，却看见猩猩、草草和石3个人拉着一棵干树来到了自己面前。他们笑嘻嘻地看着呼，每人都露着洁白的牙齿。呼揉了揉自己的眼睛自言自语道："这又是幻象吧？"

猩猩说："呼，我们叫你你怎么不答应啊？好像没有听见我们的话。"呼一激灵，急忙说道："哎呀，你们不在娲姆洞歇息，怎么也来拖树木啦？"草草说："呼，迎取天火虽说是你一个人独自承揽的事情，可是这都是为了大伙过好日子啊。所以，我们也应该出力气。"

呼说："这样不好啊。我为什么要一人承当这件事情？是怕打乱大伙的正常生活啊。我宁愿一人吃苦受累，也不愿大伙都跟着受劳累。再说，接天火的事情还是个谁也说不准的事情。我虽然很有信心,但究竟何时能得到天火,我心里也没底。"猩猩等人都说道:"呼,我们每天都能看见太阳,天火就在我们头上。我们相信它会像你期望的那样降落到地上来的!"

猩猩他们说罢,就把拖来的树木拖到那边去了,跟呼拖来的朽木枯枝放在一起。呼看看天色说:"天快黑了,我们快回家吧。今后,你们不要参与这样的事了。"草草说:"今天我们3个人拖了一回树木,才知道这活有多么费力气。我们怎么能让你一个人干呢?呼,我们必须大家一起干,人多力量大嘛。"

呼说:"让你们跟着我来做这些出力流汗的事情,我实在不忍心。你们还是不要参与了吧。"草草说:"呼,你的心意我们理解,可是我们的心意你也要理解啊。你就不要再劝我们了,以后我们只要有时间、有精力,我们就要来拖树木。"

此时,猩猩似乎想起了什么,他问道:"草草,你最近到剑齿象那里走亲戚去了吗?"草草说:"我有些日子没有去过象山了。可是剑齿象总是不断地跑来看我,还用它的长鼻子给我带来了一大枝果树呢。果树枝上长满了野果,我把它给了娲姆洞的女人和孩子吃了。她们说果子又酸又甜的,很好吃。"

猩猩说:"我不是问你野果好吃不好吃的事儿。我是想啊,既然你跟剑齿象是好朋友,为什么不请它帮助呼搬运树木呢?""对呀,剑齿象力大无穷,它大鼻子一卷,就能把一棵树放倒。你有这么好的朋友为啥不利用呢?"

草草说:"是呀是呀,你们不说,我怎么想得起来呢?可是,我不知道剑齿象愿不愿意做这样的事儿?"猩猩说:"它愿意做的话是咱们亲戚,如果不愿意做呢也是咱们亲戚,不能勉强人家。也许这件事情,我的麋鹿朋友还很愿意做哩。"

呼听了他俩的话心里很高兴。他说:"哎呀,你们要把莽原上的动物都叫来拖运树木啦。"猩猩和草草骄傲地说:"谁让它们跟我们走亲戚呢?好朋友就应该在有事的时候帮一帮忙啊。"

原来,当时的原始人都有与各种动物"交朋友、走亲戚"的习惯。他们不光是和别的原始群落的人来往交流,而且,还与许多动物都有交往。那时的人们认为动物跟人是没有太大的区别的。他们经常跟有些动物在一起玩耍嬉戏,甚至夜晚可以与它们一起睡眠。有些大型的食草动物性情善良温和,智商较高,它们之中的个别动物,喜欢接触人类中的某些人,并与之形成很亲密的朋友关系,时常你来我往互相探视,就如同亲戚一般。西方国家的古人类学家把这种原始人类与动物公平交往的现象称为"走亲戚"。

草草和猩猩是娲姆群落里与动物走亲戚的高手。草草很小的时候,有一次跑进树林去玩耍,后来就失踪了。草草的母亲和群落的许多男人到处找他,找了两天也不见踪影。大伙都认为草草是被鬣狗吃掉了,或是被不知名的猛兽当作食物了,于是从此不再寻找。可是几天后之后,娲姆洞出去打猎的男人却在草原上找到了草草。确切点说,是在草原上的一个剑齿象群中发现了草草。当时草草骑在一头高大的剑齿象脖颈上，得意扬扬。娲姆洞的男人们还以为看错了眼睛，他们壮着胆子接近象群，看清楚象背上的小男孩果然就是草草。于是大家呼喊他，草草看到了自己的亲人，于是从大象背上站起来向他们挥手。这些男人们害怕剑齿象，都不敢走得太近。他们看见草草用手拍着大象的脖颈，那头大象突然把长鼻子举起来，从头顶伸到自己脖颈上，鼻尖形成一个弯钩，轻轻围在草草的腰间，然后把他托起放到草地上。他的双脚刚刚着地，一只不足半岁的象宝宝就跑过来用自己又短又细的象鼻子触摸草草的脸颊和双手，调皮得用身子推搡草草。草草用胳膊抱住象宝宝的脑袋与他亲昵，看他们的样子，不像是人与动物，而像是两个小孩子在玩耍似的。

　　娲姆洞的男人轻声呼唤草草，草草看了看大伙，就走到他刚才骑的那头大象跟前，不知跟它说了些什么，而那头大象轻轻用两根巨大的剑齿碰了碰草草的屁股，接着晃着长鼻子在草草身上一左一右一上一下地捋了几回，随后便用象鼻子轻轻在草草背后推了一下。于是草草离开大象向亲人们跑过来，却被那头象宝宝截住了，它想继续跟他玩耍。那头大象走过来用鼻子拦住了象宝宝。象宝宝不断挣扎着，想跟着草草一起走。而娲姆洞的男人却很快带着草草离开了。

　　从那以后，草草没有忘记那群剑齿象，剑齿象也没有忘记草草。时光一年年过去了，草草与剑齿象的来往从没停止过。虽然象群中的老象已经一个接一个死去，但当年跟草草玩耍的那头小象一年一年长大，它是头性格温顺的母象，现在是这个象群的头领。就在前不久，已经成年的草草又一次去那个象群里走亲戚。他在象群里待了3天就回来了。3天时间，他骑着那头母象转悠了很多地方，最后，象群把他送到距离娲姆洞不远的草原上来了。

说来很奇怪，猩猩与草草不同，他很害怕剑齿象。他比草草晚出生半年多，体格却比草草壮实得多，胆略也比草草要大。然而他十分惧怕剑齿象嘴上佩戴的那两把长骨头利剑。草草曾多次邀他一同找剑齿象玩耍，可是猩猩一次也没有去过。前些年，草草和猩猩都还年少不懂事，所以草草经常在大人面前嘲笑猩猩害怕大象。有一回说得猩猩恼羞成怒，他一怒之下竟然撒开脚丫子跑到人疙瘩山后面去了。他这一跑引起了人们更大的笑声。

人们的笑声已经落下去好半天了，可是还不见猩猩从人疙瘩山后面转回来。娲姆吩咐人们去把猩猩找回来，说太阳就要落下去了。一个男人去找了，可是他很快就回来跟娲姆说猩猩找不见了。于是娲姆洞的男人倾巢而出，山前山后、山上山下到处呼喊找寻，可是找到半夜也没有找到猩猩。娲姆责备了当时嘲笑猩猩的人们，还嘱咐大伙今后谁也不许嘲笑孩子。

娲姆洞的人们在焦躁不安中度过了一个不眠之夜，甚至连草草也在睡梦中责备自己不该那样对待猩猩。大伙不知道曾经发生在草草身上的故事能否会在猩猩身上重演。

第二天日头刚刚出山，娲姆洞的人们就开始起来排

娲姆洞的天
火——西侯度原始先民取火记

便和到湖边洗脸喝水了。这时突然听见有人喊道:"娲姆你快看,娲姆你快看!"娲姆正站在娲姆洞外面,她顺着那人的手指望去,只见人疙瘩山北面的山根下,走过来十几只麋鹿。而有个健壮的小男孩一只手搭在一头小麋鹿的颈上,笑嘻嘻地向湖水边走去。这小男孩不是别人,正是昨夜失踪的猩猩!

娲姆见状,急忙呼喊那些在湖边喝水的人们赶快撤回来,不要惊扰了麋鹿。人们悄悄地给麋鹿群让开空旷的地带。猩猩带着麋鹿群去到湖边饮水。猩猩的生母想跑过去把孩子叫回来,可是她刚往湖边行动了二三十步,麋鹿群就警觉起来。它们不再低头喝水,而是瞪着眼睛、支棱着耳朵站在那里,鼻孔一扇一扇的,准备奔逃。娲姆叫住猩猩的生母说:"你不用担心猩猩,没看见他很安全吗?麋鹿已经把他当作自己的孩子了!"

第五章 蛮和姝娜

如果让我们站在一个足够的高度，又能用足够宏观的眼光来回望人类的历程，那么我们就可以看见一群毛茸茸似猿又似猴的人蹒跚走来。他们就是本书中所描述的原始人类。他们要走向何方？走向今天的互联网时代和未来时代。其实，他们就是我们的前身，我们就是他们的今世。原始人类顽强地生活生存，将人类的血脉种子从远古时代一直传续到现在，人类前进的步伐铿铿锵锵迈进现代。仔细琢磨，这是多么艰难、多么伟大的工程啊。而古人类交给我们的接力棒还远远没有送达终点。现代的人类，还要鼓足干劲、振奋精神，把它一代一代往下传递呢。

在混沌初开的旧石器时代，原始人类与各种动物之间的鸿沟，远远没有现代社会这么宽、这么深。他们之间的沟通和交往，也远比现代的人与动物之间的沟通和交往容易得多、简单得多。这就是草草能够与剑齿象走亲戚、猩猩能够与麋鹿做朋友的原因所在。那时候，剑齿象看待草草，就好像他是一个可爱的玩具或玩伴；而麋鹿看待猩猩，也是把这个小孩子当作有趣而新奇的玩偶。他们彼此之间建立了信任，确信对方不会伤害自己，甚至彼此都以互相交往为快乐呢。

娲姆洞的猎人们都能识别出莽原上不同的麋鹿群和剑齿象群。他们狩猎时，若遇到草草的剑齿象群，就迅速躲开它们，避免与剑齿象发生摩擦；若遇到猩猩的麋鹿群，也主动撤离，绝不去捕捉或猎杀这个麋鹿群里的幼崽，避免发生不愉快的事情，伤害猩猩跟麋鹿的友情。娲姆洞的人都习惯把这两个动物群作为他们的亲戚了。

在猩猩和草草自小到大的成长过程中，他们始终与他们的动物朋友保持着亲切紧密的关系。现在，当他们要往天火场搬运树木的时候，自然而然地就想到了这两种力量型的好友。它们会帮忙吗？草草和猩猩心里没底。动物虽是朋友，但毕竟不是人，它们能够理解人的意图，并且能够忍辱负重地和人类一样干活吗？

这就是呼要问猩猩和草草的问题。猩猩和草草的回答很果断。他俩都说："让我们试试看吧。"

星辰悠悠转，岁月款款流。原始人类做事情从来都是不紧不慢地往前推进，他们没有现代人这么紧迫、这么咄咄逼人的时间观念。莽原上每天日出日落，娲姆洞的男人和女人们照常是日出而作、日落而息。呼和他的伙伴猩猩、草草等人照旧是每天狩猎、采集，为自己和娲姆群落全体人的生存而孜孜不倦地奋斗着。

如果有剩余时间，呼总是要去树林里砍伐干树枯木，先把它们放倒在地，然后搬运到天火场上去。因为那些自然倒地的朽木已经被呼和猩猩他们全部搬运走了。现在要找的，只能是那些还长在地上的死而未倒的树木了，这就大大增加了呼他们的劳动量。他们只能使用自己制造出来的笨重的石刀、石斧，一点一点将树木砍倒。一棵碗口粗的干树，他们需要几天或十几天才能将其伐倒。而往往砍伐一棵树就需要好多件石斧和石刀。这些石头工具很容易就损坏了，损坏了就得去制造新的，制造新工具又会耗费很大的精力。

好在此时草草把他的剑齿象群领到天火场附近的树林里来了。这天下午，呼完成狩猎任务之后，又照常来到树林里砍伐干树。这棵干树已经耗费掉他们五六个下午的时光了。但是树干才被砍掉近一半。草草骑在那头象群头领的背上来到了呼砍伐树木的地方。象群头领看见了呼，立即止步不前了。它显然对呼很陌生，也不信任。草草见状便抱着大象的鼻子从象背上溜下地面，他抚摸着大象的长鼻子说："别害怕，这是我的伙伴。"接着，草草用手指了指那棵干树，又用胳膊和双手比画着对大象说，需要你帮忙把这棵树弄倒。

这头母象本是草草的发小，所以它很快就理解了草草的用意。于是它"儿——"地尖叫了一声，提醒各位大象注意，然后一步一步向干树走过去，走到树跟前，把自己的脑袋侧过来，用两根粗壮的剑齿和大鼻子一起顶住树干，这时它又"儿——"地尖叫了一声，接着一发力，干树从呼砍斫的缺口处"咯吧"响着断裂了。只一瞬间，不费吹灰之力，象头领就把干树弄倒了。

草草轻轻拍拍母象的鼻子表示称赞和感谢。他和呼

第五章 蛮和姝娜

两人用一根结实的粗藤将树木绕住，然后把粗藤挽了个圈圈套在母象的脖子上。草草示意母象跟着他走。于是草草在前，母象拖着大树在后，一起往天火场而来。

时间不长，他们便来到了天火场。草草和呼把粗藤卸掉后，草草示意母象把刚拖来的树木与地上那些树木堆放在一起，母象会意，使长长的鼻子卷起树干抛到那些枯木之上。草草和呼高兴得哈哈大笑。象头领和它的象群也兴奋地蹦跳着，长鼻子伸在高高的天空前后左右晃动着。

回到娲姆洞之后，草草就把他如何叫来自己的剑齿象发小，又如何指挥它搬运树木的事情跟猩猩和全体人员讲了。他讲得绘声绘色，得到了大伙的一致称赞。猩猩听了咬着自己的嘴唇没有吭气，可他心里豁然开朗了。

几天后的一个傍晚，呼和草草又带领着象群同时把3棵干枯的树木运到了天火场。大象们将树木堆放在那里之后，便晃晃脑袋、摆摆长鼻子告辞了。它们刚刚离开，呼和草草就看见一群身材高大、膘肥体壮的麋鹿穿过树林走来了。猩猩走在最前排那只麋鹿侧面，似乎还给麋鹿说着什么。麋鹿顺从地跟随着他。更令人惊奇的是：麋鹿身上也套着藤条，藤条后面拴着一棵枯木。

真想不到，猩猩也像草草一样把自己的动物亲戚请来帮忙了！呼和草草高兴地迎上前去，谁知麋鹿们见到他们两人突然猛地调转身子往一边走去。猩猩喊道："呼，你们赶快躲起来！别让麋鹿看到你们的影子。否则，它们会跑散的。"原来，这麋鹿胆子小，对人或别的动物都非常警觉，动不动撒腿就跑。让人不可理解的是：它们却不害怕猩猩，并一直把猩猩当作它们的好朋友。

呼和草草于是急忙藏到树后面的草丛里。麋鹿四面看了看，转动耳朵听了听。猩猩对麋鹿说："没有事儿，他们是我的兄弟。你们不愿看到他们，现在他们已经走了。来来来，你们跟着我过来吧。"麋鹿真的能听懂他的话，乖乖地跟着猩猩走过来，把身后拖拽的木头拖到了堆积干树的地方。

日子一天天过去，日头升起又落下、落下又升起。呼和他的伙伴猩猩、草草就这样不断地给天火场积累着树木。随后不久，娲姆洞的人们特别是男人们也加入搜集干树枯木的行列中来了。那片曾经燃起过雷电之火的树林，干树枯枝越堆越多，简直成了一个木柴场。

呼划定的天火场渐渐被树木堆满了。就在这项工作进入尾声的时候，又有许多人们意想不到的新故事发生了。

那是一个没有星光的夜晚。呼和猩猩、草草等人狩猎回来。今天下午他们追逐一群野羊，不知不觉跑到很远的草原的老东边去了。那些地方他们很少去。最后，他们猎获了一大一小两只野羊，可是当他们准备返回娲姆洞的时候天已经黑了。通常，他们很少这么晚才回家。当他们背着猎物穿过距天火场不远处的树林时，听到了人的呵斥声和大型动物走动的声音。这声音由远而近，似乎是朝他们所在的方向走过来。呼十分奇怪，于是招呼同伴们隐藏起来观察究竟。

片刻之后，只见一个陌生的彪形大汉左手拿着棍

娲姆洞的天火
——西侯度原始先民取火记

棒、右手拿着藤条，叱叱咤咤着走过来了。两只强壮的披毛犀跟在他的身后，每只犀牛身上都套着藤条，藤条后面都拖拽着一根干树或枯木。呼一看到这个情景先是发蒙了：这是怎么回事啊？我和娲姆洞的人在搜集干树枯木以迎天火降临，难道，还有别的群落也在做这件事情吗？难道他们也在搜集干树枯木，也要跟我们一样迎接天火吗？

　　陌生人和披毛犀纷纷走过去了。看着它们拖拽的树木，呼心里突然出现一个大问号：它们拖走的是不是我们天火场里堆积的树木？呼把这疑虑悄声对同伴们说了，猩猩说："他们是从天火场方向来的，很可能拖的就是咱们的树木呢。"

　　"它们为什么要这么做呢？难道也要搞'迎火场'吗？即使是这样，那也不应该拖走咱们的树木哇！"草草的夜视能力很好，娲姆洞的男人送给他一个外号叫作"夜眼"。他说："呼，我刚才仔细看了，那个领着披毛犀的人是嫦娆群落的，他叫蛮，是嫦娆的大儿子。据说他生性狂妄暴躁，可是没想到他竟然能跟披毛犀走亲戚交朋友，还能使唤披毛犀干坏事儿！"

　　听草草这么一说，猩猩睁大双眼惊奇地问道："草草，你看清楚刚才那个人就是蛮吗？"草草说："是呀，我看得很清楚。他就是蛮，千真万确的。"

　　猩猩说："那就对了。只要那个人是蛮，他刚才带领披毛犀拉的那些树木，肯定是咱们天火场的。"呼问："怎么见得？"

　　猩猩说："蛮这个人很蛮横，嫦娆群落的人都暗地里叫他野牛。他就像一头野牛一样野蛮霸道呢。"呼说:"嫦娆是娲姆的妹妹,我是娲姆的儿子,蛮是嫦娆的儿子,我们是亲戚,我应该叫他哥哥。即使不是这种关系,我们也不应该背后说人家坏话呢。"

"呼,我不是背后说他坏话,而是他确实做过不好的事情。"猩猩说道:"呼,你知道我跟嫦娆群落的一些男人和女人都是好朋友,我还跟他们的两个姑娘睡过草地呢。所以,我听他们说过蛮的故事。其中一个故事叫作'望狗而逃'。说的是有一回蛮抢了娥姬群落的一个姑娘,他把这姑娘背到一片树林里睡草地。那姑娘很喜欢蛮。正当他们在那里行欢喜之情时,被一群饥饿的鬣狗围住了。鬣狗们大概是好长时间没吃食物了,它们已经饿得发疯,所以就试图向蛮和那个姑娘进攻。蛮一看被鬣狗群围困了,便爬起身抄起木棍独自跑掉了。鬣狗们本来也在试探人类,它们不敢贸然冲上来,但是一看这个强壮的男人溜走了,便再也无所顾忌,于是一哄而上,用那个鲜活的姑娘做了它们的午饭。呼,你说,这样的男人是不是坏男人?"

"他连一点男人味也没有!白白长了一个高大强壮的皮囊。可是他却能诱惑女人——许多姑娘都青睐他,包括咱们娲姆洞的好姑娘姝娜。"草草愤恨地说。听了草草的话,猩猩问他说:"姝娜姑娘喜欢蛮?你是怎么知道的啊?"

"是啊,姝娜是娲姆洞最有智慧的姑娘。所有的年轻女子里面,娲姆最喜欢的就是姝娜姑娘,还准备将来让她来接替群落首领呢。我不相信姝娜会喜欢跟蛮交往。"呼也摇着头说道。草草冷笑着说:"呼,娲姆洞里的有些事情你是不一定知道的。不久之前,我随木木几人到山那边的树林打猎的时候,碰巧看到了蛮和姝娜。当时我们正分头追猎几只野兔,我跟几个同伴们跑散了。我紧跟一只小野兔,来到一处草木茂盛的树林。由于林深草密,小兔子跑得很慢,我跳起来一扑,就把兔子摁在草丛里了。当我提着兔子寻找木木等几个同伴时,却发现一株大榆树下面的深草中,传来男女说话的声音。哦,我只看见了草丛中的那个男人,他不是别人,正是嫦娆群落的蛮。年轻男人与女人嬉戏交欢,这是非常平常的事啊。所以我就没往那里再看第二眼,而是急忙提着兔子躲开那个地方。我往前面走了好几百步,才找见了木木。木木此时正跟咱们娲姆洞的几个妇女在一起,原来他奔跑撵野兔的时候,遇见了她们正在那里采摘蘑菇。她们看见我来了,就告诉我姝娜刚才被一个大汉抢走了。我问她们抢走姝娜的人是不是跑到前面的树林里去了?她们说是的。我说我看见他们了,他们在草丛里说话呢。话刚刚说到这里,就听一位妇女喊道:你们瞧,姝娜回来了!姝娜果然回来了,她没有被蛮抢到嫦娆群落去。妇女问姝娜他有没有和你睡草地,姝娜抿着嘴不说话。看她的样子,她喜欢蛮这个人。"

"哦,原来是这样。"呼微微点着头说。而猩猩却问道:"草草,你说姝娜姑娘喜欢蛮,那么她被蛮抢到树林里睡了草地之后,她为何不跟蛮去嫦娆群落呢?难道蛮仅仅是想和姝娜睡一回草地就完事吗?"

呼说:"是呀。按常规,蛮如果能把姝娜姑娘抢走并顺顺利利地跟她睡了草地,那么他就可以把姝娜姑娘带回他的群落里去了。那姝娜姑娘为何没有去呢?"草草答道:"是呀,可我不明白这是什么原因啊。"

"这原因我明白,那就是姝娜并不喜欢蛮。"猩猩说道,"草草,你已经讲了你的故事,现在听我再讲一个故事好吗?"草草说:"当然好啦。不过,你的故事要和姝娜或蛮有关系,并且还要简短生动。"

猩猩说:"好啦好啦。我的故事开始啦——我就讲一个前天夜晚才发生的一件事情吧。前天夜里,我被尿憋醒的时候,听到了娲姆洞外面不远的地方,传来几声好像是鸵鸟的叫声。我很奇怪,心里想:鸵鸟总是在草原东南面的区域栖息,离娲姆洞很远,从来没见过它们会到人疙瘩山这边来,而且像鸵鸟这种动物,也根本不会在夜间跑到这个地方来大声鸣叫的。当时我就想肯定是有人在模仿鸵鸟叫,他是在用鸵鸟的叫声向娲姆洞的某人发信号。你们说我猜得对不对?对极了!因为娲姆洞有一个人听到了鸵鸟叫声就悄悄起来了。她就是姝娜姑娘!当时娲姆洞的人包括你们俩都睡得很熟。姝娜姑娘悄悄起来又悄悄走了出去。我被尿憋得实在受不了了,也随后到外面撒尿。可是我出了娲姆洞,就看见两个黑影在那里拉拉扯扯的。他们是一男一女。女的当然是姝娜姑娘了,你们猜那男的是谁?"

呼回答说:"肯定是蛮呀。"猩猩说:"对啦,就是蛮。因为天黑没有月色,我起初也不知那男人是谁。但是不管他是谁,都有跟姝娜姑娘约会的权利。我连忙避开他们去撒我的尿。解决了问题之后,我才知道那个高大的男人就是蛮。"

　　听到此处草草便问道:"这时候月亮出来了吧?要不然,你怎么会看清楚他是谁呢?"猩猩笑着说:"前天和今天一样,前半夜没有月亮。我是听清楚他是谁的。因为我听见姝娜姑娘喊着他的名字说:'蛮,今夜我是不会跟你去睡草地的。你赶快走吧。'蛮那天倒是还很讲理,他说:'姝娜姑娘,我喜欢你!你瞧,我从嫦娆沟跑这么远到你的娲姆洞来了,我就想今天把你接到嫦娆沟去。你说你不想跟我走,那么,总该让我和你睡一回草地吧?你瞧,今夜多么美好啊!'姝娜姑娘说:'不管今夜多么美好,可我不喜欢你。不会跟你去你的群落的,今后也不可能再和你睡草地的。'蛮说:'可是我那天抢你的时候,你就顺从地跟着我走了,这是为什么呀?'姝娜姑娘说:'因为之前我不大了解你,可是后来听说你这人很粗鲁蛮横还不敢担当。我是不愿意跟这种人睡草地的,更不想怀上这种人的种子,将来生下一个没种的孩子。'"

　　"姝娜姑娘做得对!我如果是姝娜姑娘,我也是这个态度!喂,蛮被姝娜姑娘拒绝之后,他没有撒野动粗吗?"草草急忙问道。猩猩说:"是呀,当时我心里也是这么想的。我真怕蛮一时发怒把姝娜姑娘强行背了回去。于是我就在远处故意大声咳嗽了几声,还装作跟人说话。此时,我看见蛮站在那里怔了一下,姝娜姑娘趁机挣脱他的手跑回了娲姆洞。不久,我看见蛮的身影也消失了。"

　　"这么说来蛮肯定很失意很生气,这个人心胸狭窄。

呼,依我看,蛮刚才领着披毛犀拽走的,肯定是咱们天火场的树木无疑!咱们要不要把树木追回来?"呼说:"现在天已经晚了,再说,我们还背着这么多猎物。我们暂且放过他这一次吧。今后我们要注意防范他就是了。"

正说话之际,听见有人喊叫呼的名字。原来是娲姆见他们迟迟没有回来,就派人来寻找他们来了。猩猩和草草于是不再说什么,就背着猎物回娲姆洞了。第二天他们出去狩猎时,特意绕道到天火场去查看。果然不出所料,原来搁放在一株小榆树下的两棵干树不见了,草地上还清楚地留下原来存放树木的痕迹。草草轻声骂道:"这个蛮真是蛮!"

呼昨夜就想好了一个对付蛮的主意。他和几个同伴一起动手,从活树上折了许多带绿叶的树枝,绕着天火场上的干树枯木插了一圈。这是什么意思?这是警告蛮说:这里的树木都是我们辛辛苦苦砍伐搬运过来的,请你不要随意搬动!还有一层意思是告诉蛮:你偷偷搬运树木的事儿我们是知道的,只是我们不愿和你计较。希望你今后不要再这样做。

呼说:"如果蛮知趣的话,他就不会再偷运咱们的树木了。"猩猩说:"蛮是个不知趣的人,恐怕他不大理会咱们的警告!"

呼说:"可是我认为他不会再那样干了。为什么?因为他对姝娜姑娘还没有死心,他还喜欢着我们的姝娜姑娘呢。昨天偷拽树木,只是他发泄对姝娜姑娘的一肚子不满,还包括对那天夜里你的咳嗽声的不满罢了。哈哈哈！"草草认为呼说得对。

呼说得真是没错。两天之后的一个夜晚，身高力大的蛮又驱使着几头披毛犀来到了娲姆洞的天火场。他看到了白天呼他们插在树木周围的绿树枝，因为这几天呼他们每天路过这里的时候，都要折一些活树枝插在这里。蛮虽然蛮横，但也懂得这插树枝是什么意思。他和披毛犀在天火场边徘徊了一阵子，随后呸地往枯树上吐了一口唾沫，然后自语着说道："哼，看在姝娜姑娘的分上，我还是饶了你们吧。否则，我会把这里的树木全部拉到一边去的！让你们迎天火迎个空、做好梦做不成！"说完，他便骑到一头披毛犀背上，骂骂咧咧地离开了天火场的那片树林。

呼和猩猩、草草等人几乎每天都要到天火场去查看情况，插绿树枝。十几天过去了，他们再也没有发现这里的树木被拖走的痕迹。这天傍晚，呼与娲姆洞的一些人又把一棵枯木搬运到了天火场。呼对大伙说："现在咱们把这一片树林都堆满树木了。依我看，有这么多的干树枯木也就足够啦。从明天开始，我们就祈祷太阳给这里降下天火吧！"

第二天一大早，娲姆洞的男女老少就都起来了。他们将娲姆洞前的绿草地整理干净，然后又拿出了一些猎获的动物和采集的野菜野果摆放在绿草地上。当鲜亮的太阳升起在人疙瘩山上的时候，娲姆领着呼、猩猩、草草和姝娜姑娘等全体群落成员面朝太阳在绿草地上站好。娲姆说道："神圣的苍天，神妙的太阳，娲姆洞的人已经把天火场准备好了。请苍天和太阳赐给我们神圣而美妙的天火吧!"

这几句话娲姆一连说了3遍,她说罢,娲姆洞的人也照她的话说了一遍。他们相信他们的话苍天和太阳都听见了,他们的心意苍天和太阳也知道了。

当时正值天气变化无常的盛夏季节,也恰是老天爷兴风作雨、打雷闪电的最好时机。因此第二天夜晚,天空就响起了滚滚雷声,并出现了一道道闪电。娲姆洞的人全都躲在娲姆洞的土壁下仰望着夜空,他们以为苍天就要给他们降天火了。呼和猩猩等人则连蹦带跳地冲向天火场,似乎那一场至今还燃烧在呼的记忆中的熊熊烈火又要在这里重现了!

然而那震耳欲聋的滚滚雷声响了很大一阵就无声无息了,那耀眼明亮的唰唰闪电闪了好多次也不见踪影了。很快,繁星眨着眼睛出现在夜空中,萤火虫与之遥相呼应,也在草丛中闪着亮光飞来飞去。这时候,呼他们从天火场回到了娲姆洞。娲姆洞的人谁也没问他们,但是大伙都明白:苍天和太阳今夜并没有给他们降下天火。

没有人因此而心怀失望。因为他们知道苍天降火本来就是可遇不可求的事情,也是人生一世难逢的事情。呼更是信心满满的。"以前娲姆洞的人们并没有向苍天祈求天火,可是天火仍然不断降临人间;如今我们不仅祷告苍天请赐天火,而且为此准备好了干树枯木,做了应有的努力,难道苍天反而会不给人间降火了吗?"呼始终这样认为。他坚信天火迟早必然降临大地,不是今天,就是明天;不是今年,就是明年。

第五章 蛮和姝娜

娲姆洞的天火——西侯度原始先民取火记

原始人类对大自然知之甚少，对大自然也是十分敬畏的。但是他们坚信苍天和太阳是有神灵的，它们能够听得见也听得懂人们的语言，能审视和眷顾人们的心愿。这是人类最初的自然崇拜。呼和娲姆洞的人就是怀抱着这样一种崇拜的意念，向上苍和太阳祈求天火的。正因为他们对上苍和太阳百分之百的笃信，因此他们毫不怀疑地认为：上苍和太阳正在考虑他们的祈求。也许它们很快就能满足娲姆洞人的心愿；也许，上苍和太阳并不会理睬娲姆洞人的祈求。

几天过去了，苍天还是那个苍天，它昼夜轮回，与之前的苍天并没有什么两样；太阳也还是那个太阳，它晨升晚落，并没有异样的变化。呼和娲姆心里也明白：虽然已经把娲姆洞人祈求天火的事儿上达给了苍天和太阳，可是什么时候天火才能自天而降，则是娲姆洞人掌控不了的事儿了。他们只有照常生活，耐心等待。

那天祈祷以后，呼表面上显得平静，其实他内心非常焦急，他急切地盼望天火的降临。他总在夜深人静时默默在心里祈祷，希望天火早日降临。有时在睡梦中，他也在喃喃梦语。他知道：这个炎热的季节就快要过去了。他的生活经历告诉他：苍天如果要降天火下来的话，那就需要阴云密布、打雷闪电的天气条件。只有在这天惊地动的时刻，天火才会自天而降。而阴云密布、打雷闪电的天气条件，却只有在炎热的季节才有可能发生。假如这个炎热季节过去了，降天火的可能性就不会太大了。那甚至要等到下一个炎热季节的到来呢！

娲姆洞人以枯木布设天火场迎天火的消息不胫而

走，传到了娥姬群落居住的娥姬岭上。娥姬觉得有点吃惊。她虽然没有亲眼看到过燃烧的天火，却对天火并不陌生。因为从小时候起，她就经常听群落里的人谈论天火的事情。有些长辈亲历过天火，对这个自然现象充满了敬畏。从他们绘声绘色的故事中，娥姬间接了解了天火。在她心目中，天火是个神圣不可冒犯、神秘不可知道的东西。它十分可怕。天火能毁掉树林和草原，也能烧死野兽和人类。一个长辈就曾对娥姬讲述过他年轻时候被雷火烧伤的经过。一次打猎的时候，这位长辈在树林里遭遇了可怕的雷电，雷电把一株古树劈倒并烧着了，燃烧的树枝恰好砸在了他的胳膊上，他拼命挣扎才脱离危险，但是胳膊上永远留下了火的烙印……

"娲姆真是太胆大啦，难道她觉得天火会像一只小兔子那样温顺吗？你若是真把天火引下来了，你如何伺候料理它呢？"作为娲姆的妹妹，娥姬非常替姐姐和娲姆群落的人担心。

有关天火场的消息也传到了嫦娆沟里的嫦娆群落。嫦娆觉得十分好奇。于是她派高个子旦旦到呼的天火场去查看究竟。旦旦很快回来向首领报告说："树林中的天火场已经堆满了横七竖八的树木，全是清一色的干树枯木。娲姆洞的呼每天都在仰望苍穹，等待天火降临呢。"旦旦还向嫦娆汇报说，有人看见天火场里的树木，都是娲姆洞的人赶着剑齿象和大麋鹿拖运来的。

嫦娆听到这里非常感兴趣，忙问道："剑齿象和大麋鹿帮他们拖运树木？这也太神奇啦！"高个子旦旦说："嫦娆，还有更神奇的呢。刚才我在半路上还遇见了几位娲姆洞的猎手，攀谈之间，他们告诉我说，剑齿象和大麋鹿运到天火场里的树木，曾经在一天夜晚被几头披毛犀拖走了两棵呢。"

"哦，剑齿象和大麋鹿把树木拖来了，其中一些又被披毛犀拖走了！这故事如果是真的话，那真是太有趣啦！"其实，嫦娆感兴趣的是有关迎天火的故事，而不是迎天火本身。嫦娆认为迎天火这件事比较可笑甚至荒唐："天火不过是雷电在大地上留下的一点痕迹而已。就像鬣狗总要在所过之处留下它的尿水水一样。它的目的无非是想告诉人们：我是存在的，我是很厉害的。希望所有的人都怕它、都敬它。既然这样，它又能给我们带来什么好处呢？"

"嫦娆说得对极啦！迎天火就是一件疯子才能想出来的事儿！"这时，一直静静地站在嫦娆身后聆听他们说话的蛮突然大声嚷嚷道："嫦娆，依我看，这是娲姆洞的人，尤其是那个呼在自讨苦吃、自取灭亡呢！我听说他们迎来天火之后就会把天火豢养起来，还要用它像晒太阳一样取暖，还要用它把猎物烧熟了再吃。妈妈，你说这不是异想天开吗？说实话，我听到他们布设天火场的事就满肚子怒气。依我蛮的脾性，我真想把天火场的树木全部搬走，搬到辽远的草地上去，免得他们干出傻事情来！"

说罢，蛮把自己的牙齿咬得咯吱咯吱响。蛮为何对迎天火的事如此气愤呢？他为何这么憎恨呼和娲姆洞的人呢？是不是他们曾经得罪过蛮呢？其实，呼和娲姆洞的人都没有得罪过蛮，他们没有做过任何对不住蛮的事情。蛮对呼和娲姆洞人的怨恨，一是因为自己的母亲嫦娆经常在嫦娆群落夸奖呼，说他聪明勇敢，勤快能干，是个好男人，这刺疼了蛮的嫉妒之心；二是因为他渴望得到的娲姆群落的姝娜姑娘如今不和他亲近了，他差一点就把姝娜姑娘揽入自己怀中了，而后来姝娜却拒绝理睬他了，蛮怀疑是呼喜欢姝娜姑娘并对她说了自己的坏话，而姝娜听了坏话之后就改变初衷了。其实，这只是蛮自己的揣测。姝娜姑娘是娲姆洞里最年轻最美丽的姑娘，呼虽然十分喜欢姝娜姑娘，却从来没有跟她实际接触过，也更没有肌肤之亲。

按理说蛮的揣测是毫无根据的，他对呼和娲姆洞的憎恨也是毫无道理的。但是蛮的特点就是不与人讲理。其实，蛮早就知道了呼布设天火场的事。他曾独自一人到天火场去过好几次，而每次去都会发现堆积在那里的枯木是越来越多了。他怕呼真的做成了迎天火的事情。如果那样的话，呼就更了不起了，自己不是更加相形见绌了吗？那么从此之后嫦娆和嫦娆群落的人会更加瞧不起他了！

哼，决不能让呼把迎天火的事情办成功！我要阻止它、破坏它，让呼的事情办砸，让它在娲姆洞、娥姬岭和嫦娆沟所有人的面前都出丑。蛮打定了坏主意，于是前些日子，他趁着夜色驱赶着几头披毛犀，从呼的天火场拖走了两棵枯树。他以为此事谁也不知道，哪晓得早被呼和猩猩他们发现了。

几天之后，他本想再去天火场拖树木，可是听本群落里的猎手说呼在天火场周围插了很多树枝，这是在警示别的人不要随便动那里堆积的树木。蛮当然知道这是什么意思了,他明白呼的这个举动是冲他而来的,大概是呼已经发现了他的偷窃行为吧?想到这里,蛮撤销了再次去天火场盗树的计划。他虽然蛮横无理,但也怕自己真的会在天火场拖运树木时遇到了呼。如果那样,后果就太不堪设想了——也许嫦娆会一怒之下要了他的小命呢!

"剑齿象和大麋鹿运到天火场的树木,又被披毛犀悄悄拖走了。"蛮不想让这样的一个故事在这片莽原上,尤其不想在娲姆、娥姬和自己所在的嫦娆部落之间流传。

"蛮,蛮!你刚才胡说八道什么呢?"嫦娆听了蛮的话和他咬牙切齿的声音,真有点不寒而栗的感觉。她训斥儿子说:"娲姆洞有娲姆洞的道理,呼有呼的想法。咱们嫦娆沟即使有不同的看法,也不能去阻挠人家,更不能给迎天火的事情使坏。记住了吗?蛮!"

蛮经常挨母亲的训斥,但唯有这一次他感到母亲的目光是那么犀利和冰冷,吓得他慌忙满脸堆笑说:"我不会阻挠他们,更不会给他们使坏。我只是说说而已,说说而已。请母亲放心,放心。"

说完,趁着嫦娆还没来得及开口说话的当儿,急忙抬腿溜走了。然而他在心里发誓要寻找机会给呼和娲姆洞的人制造麻烦:"一定要让他们不得好活!"

第六章　娲姆的美意

地球上的动物繁茂芜杂，而哪一种动物拥有了火，这种动物就能成为动物的王者，成为整个星球的统治者。人是由猿进化而成的高级动物，火，是人类独自拥有、独自享用的法宝。人不仅会取火，会造火，还会使用和保存火。地球上除了人类，没有任何一种动物具备如此高档的智慧。可以说，在人类进化和人类社会发展中，火是关键的关键，一切的一切。人类的先祖，正是用火推动了自身的进化，促进了人类社会的发展。人类最应该感恩的，就是火。

姝娜是娲姆洞群落里最出色的姑娘。她有着健壮的身材，圆圆的臀部向后鼓起，饱满的前胸，修长的胳膊，一双大大的黑眼睛明亮而清澈，浓密的头发披在双肩上，一张口就露出洁白而整齐的牙齿，声音洪亮而动听。尤其难能可贵的是，姝娜非常善良和勤快。她在原始群落的女人之中，无疑算是最棒最优秀的了。姝娜不是娲姆生的，生她的女人叫云，几年前就去世了。在当时只知其母不知其父的母系社会，姝娜不知道谁是自己的生身之父。但这似乎不影响姝娜的生活和成长。她从小就得到了娲姆洞首领娲姆和群落其他人的关怀照顾,因为她从小就表现出了超人的机灵聪颖,娲姆很喜欢她,甚至暗地里把她当作自己的接班人来刻意培养。选择最优秀的女人担当群落首领,这早已经成为那个时代人们的共识了。

然而,原始人群落评判一个女人适合不适合当自己的首领,还不是只看她的身体、品格和性情,还有更重要的一点,就是看她的生育能力强不强,即能不能生育很多孩子。这一点儿也不奇怪。生殖崇拜是原始社会起源时候就开始盛行的。

现在,姝娜已经发育成熟,她长成了一位浑身散发着青春气息的大姑娘了。娲姆群落中有十来个与姝娜同辈的成年男子,谁见了姝娜都觉得姝娜美,都想多瞅她几眼。不少人都千方百计地讨好姝娜,企图赢得姝娜姑娘的芳心。可是姝娜姑娘好像不解人意似的,总不和任何男子靠近,更不可能跟他们到种子园去睡草地。

这样一来,人们就猜想开了:是不是姝娜姑娘情窦尚未开,她还不懂得男女之事啊?是不是姝娜姑娘喜欢上了哪位青年男子,这姑娘感情专一,因此就一概拒绝别的男子近身了?

于是人们暂时按下了怦然跳动的心,静静地观察姝娜姑娘。可是谁也没有发现她跟娲姆洞的哪个青年男子有特殊的交往。前些日子,人们忽然听到了姝娜姑娘曾被嫦娆沟的蛮抱到树林里去的消息,而时过不久,却又听到了蛮半夜跑到娲姆洞来找姝娜睡草地,结果被姝娜

第六章 娲姆的美意

拒绝的传闻。有情的青年男子们仔细观察思索了很久之后，他们终于明白：姝娜姑娘并非情窦未开，她是满怀深情地在等待一个她姝娜心仪的男人。这个男人就是呼。

为什么这么认为呢？用猩猩的话说，就是"呼在娲姆洞男子中是最出色的"。猩猩从最近以来他对姝娜姑娘的细致观察中发现：姝娜姑娘每次见到呼的时候，她的眼神和表情都很异样。这说明姝娜对呼"一往情深"。猩猩的看法得到了大伙的一致认可。因为大伙都长着眼睛，他们都看到了姝娜姑娘不寻常的表现。

然而呼至今还没有给予姝娜姑娘应有的回应。这一段时间，呼忙着砍伐搬运树木，一心一意布设他的天火场，他没有更多的精力去接受姝娜姑娘的爱意。其实，姝娜姑娘也让他心潮激荡，姝娜姑娘对他的情感他也肚里明白。可是，他表面平静似水，佯装不激动不明白。他想："迎天火是多么重量的事情啊。我不能分神去恋姑娘。"

呼就是这种性格的人。他想做成的事情，就一定要去做成。否则的话，他也吃不香，他也睡不宁，浑身上下、五脏六腑都不舒服，活像生了病似的。

作为娲姆洞的首领和呼的生身之母，娲姆其实对姝娜姑娘的心思洞若观火。她是很优秀的一个姑娘，现在又正处在青春期，青春期的萌动怎么能够按捺得住呢？姝娜姑娘的很多行为举止娲姆都看在眼里，这些行为举止告诉娲姆：姝娜姑娘全心全意地喜欢呼。这对姝娜姑娘和呼两个优秀的孩子来说，对娲姆洞来说，都是很大的好事和喜事。娲姆希望他两人亲密接触、相亲相爱，给娲姆群落生下优秀的后代，以确保这个种群血脉延续、生生不息，像大树一样枝繁叶茂、绿茵浓郁！

可是娲姆对呼的心思就猜不准确了。呼到底喜欢不喜欢姝娜姑娘呢？看呼的表现，他对姝娜姑娘是不冷也不热。作为首领、母亲和女人，娲姆的直觉告诉她：这两个青年人还没有在一起睡过草地呢。这是为何？难道是呼还不懂得男女情欲之事吗？

天下母亲的心都是系在孩子身上的，原始社会的人类也是如此，这是人类的天性。娲姆多么希望自己已经成熟的儿子能够与他心爱的女子纠缠交往，尽享他应该享受的人生欢乐啊。她想来想去，决定避开人跟呼说一说悄悄话。

这天晚上，娲姆洞的人们吃过食物之后，有的坐着说话，有的躺下睡觉。而呼却离开娲姆洞到湖边去散步。娲姆与他一起来到湖边。月光似银，蛙声一片。清凉的湖面风吹得人心旷神怡。娲姆开口问道："呼，今天打猎累不累？"呼说："娲姆，我正年轻力壮，怎么会累呢？"娲姆说："是的孩子，你的确长得很结实。这太让我高兴啦。呼，你最近是不是总惦念着迎天火的事儿呢？"呼说："是的母亲。这天火一天不落地，我心里一天不踏实呢。"

娲姆说："天火天火，由天不由人。孩子，你该做的事情都已经做了，就让我们静待苍天吧。"她抚摸着呼胸前强健的肌肉说："孩子，其实我也和你一样，我盼望天火早日降临，我每天夜里都要为此而默默祈祷呢。"呼说："谢谢母亲。呼要做的事情让母亲操心啦。"

母子俩沿着湖边慢慢走着。突然，湖面上响起欢快的鸟叫声。一对鸳鸯拍打着水面，他们忽而肩并肩游水，忽而面对面拍打双翅，忽而一只骑到另一只背上……

娲姆问道："孩子，你知道他们在做什么吗？"呼回答："这是鸳鸯在戏水啊，母亲。你小时候就跟我讲过的。""不，它们不只是在戏水。你看，它们一只是母的，一只是公的。公母叠在一起是要交欢交配。这样，它们不仅享受欢快，还可以生卵孵雏，养育出他们的后代。"娲姆说。

呼说道："娲姆，你小时候可不是这样对我说的，你只说它们在戏水。"娲姆说："是啊，那时候你还小呢。可是你现在已经长大了，就像一棵树，到了开花结果的时候了。"

呼没有吭气。娲姆问他道："孩子，你还记得咱们母子俩在种人园旁边种豆的事情吗？"

"我记得，娲姆。往事如昨，历历在目。"呼回答道，"那是一个阳光明媚的上午，你带着我……"呼喃喃地说着，仿佛又回到了他童年时代的那一段故事里——

原来，娲姆所说的种人园，其实是一片野草茂密而且厚实的绿草地。这片绿草地并不太大，大约相当于两个篮球场的面积。它天然生成为一个正圆形，周围生长着一些并不很高的树木和一些灌木，就像一圈宽宽的围墙，把草地自然而然地遮挡起来，因而这里显得很隐秘。其实它就位于距离娲姆洞左侧不足200米的地方。

第六章 娲姆的美意

但是人们站在娲姆洞里,是看不到这片绿草地的。

呼小的时候,经常和伙伴们跑到这里来玩耍。他们在这绵软而富有弹性的草地上翻跟斗、打滚、摔跤、嬉闹,有时候玩累了就躺在草地上睡着了。

这的确是一个神奇而美妙的地方。娲姆洞的男人和女人经常到这里来,他们进进出出的,有说有笑,似乎都十分愉悦。有一个春天的傍晚,呼独自到这里来了,他想趁天黑之前在草地上捉几只花蝴蝶送给小伙伴。当他钻过草地周围的乔木和灌木时,他看见绿草地上有人在说话和嬉闹。他们是大人,相当于呼的长辈。这些人有男有女,男女成对搂抱在一起,他们似乎很欢快又似乎很痛苦,总之,他们的举动让呼感到十分奇怪,他不明白大人们是在做什么、为什么要那样做。

正当呼站在灌木丛旁边发愣的时候,他被一个女人发现了。这女人喊道:"啊,孩子!这孩子怎么跑到种人园里来了!"一个男人急忙离开女人的身体,他对呼说道:"孩子,快回娲姆洞去吧,这里是大人们玩的地方,你还小呢,不适宜在这里玩。"呼很聪颖也很懂事儿,于是他点点头跑了。

夜间睡在母亲身旁,呼悄悄给母亲说了他在绿草地上看到的事情,并问母亲那是怎么回事。母亲说:"那是大人们的事情。小孩子不要多问,你长大了就会明白的。"呼问道:"妈妈,你也去那里吗?你也跟叔叔伯伯们那样玩吗?"娲姆抚摸着呼圆圆的脑袋,用嘴唇贴在呼的耳朵上面说:"是的,妈妈也常去那里,也跟男人们那样玩。你知道那片草地是什么地方吗?它叫种人园,意思是种人的地方。你就是妈妈在那里种出来的呀。"

呼想了想又问:"这么说,我是从草地上生长出来的吗?"娲姆轻轻地拍着呼的脊背并亲吻他的额头说:"睡吧好孩子,好好睡一觉,等明天太阳出来了,妈妈就带你去看种人园,再告诉你,你是从哪里生长出来的。"

第二天是个阳光灿烂的日子。昨夜下了小雨,空气十分新鲜,这样的天气让人很振奋。上午时分,娲姆忙完了娲姆洞最紧要的事务,于是她牵着呼的手来到了种人园旁边的草地上。娲姆选择了一处平坦的草地,拔去了地上的野草,露出了湿润而肥沃的泥土。娲姆对呼说:"孩子,你用手在泥土上刨一个小坑吧,就像你们小孩子平常玩耍的时候刨的土坑。"

呼不知娲姆用意,但他迅速蹲到地上,用手挖掘泥土。松软的土地上很快就出现了一个小坑。娲姆说:"好了孩子。"然后她展开左手,她的手掌里有一粒种子,种子圆鼓鼓的,这是一种楝树的种子。呼对它并不陌生,他和小伙伴们曾在树林里捡到过这种树籽,觉得它特别好玩。

娲姆说:"我把这颗种子给你,你把它放进小土坑里吧。"于是呼照着做了。娲姆蹲下来,用手抓起湿土撒在树籽上面,她让呼也往土坑里撒土,直到把那些树籽厚厚地覆盖在土里了,娲姆才说:"好了孩子,种子已经种在地里了,你现在用脚踩一踩埋种子的地方,把虚土踩实在了,这样好让它生根发芽。"

做完了这一切,娲姆对呼说:"孩子,今天该做的咱们已经做完了。咱们回娲姆洞吧。"呼问道:"妈妈,昨天你说过要告诉我,我是从哪里生长出来的,可是今天你还没告诉我呢。"娲姆说:"今天就告诉你还不是时候呢。因为我们刚刚把树籽种到土地里。你要知道这个秘密,就要再等待几天——等到小土坑出现了奇迹再说!"

小土坑上会出现什么奇迹呢?呼猜不出来。他越是猜不出来,就越想知道。于是呼每天都往小土坑那里跑,蹲在小土坑跟前仔细观察。观察来观察去,总不见娲姆所说的奇迹出现。二十多天之后的一个早晨,呼对娲姆说:"妈妈,小土坑的奇迹为什么还没有出现呢?"娲姆说:"那咱们一起去看吧。"

母子俩走进种人园的时候,呼突然迈开双腿先跑到了小土坑跟前。他大声喊道:"妈妈,小土坑上有了奇迹啦!"娲姆来到他身旁,只见呼用脚踩过的泥土地上钻出了一颗稚嫩的叶芽,鹅黄色,很精神,叶瓣还挂着晶莹的露水珠呢。

娲姆说:"是的,这棵幼苗就是我所说的奇迹。它就是那天你埋在土里的那一粒种子长出来的。它的确是一个奇迹——你想啊孩子:一粒种子埋到土里,不知不觉,它就生根了,发芽了,长出小树苗来了,这多么神奇啊。"

呼用小手轻轻触碰着树苗,忽闪着两只大眼睛说道:"哦,种子埋进小土坑就会长出幼苗,幼苗再长呢,它就长成了大树,长成大树后它又会结下种子。妈妈,我也是这么长出来的吗？"

女娲望着自己的孩子回答道："孩子，人跟树木虽然不同种，但生根发芽和繁衍后代的道理是一样的。只不过我们是人，是能动的活物，因此我们不能像种树籽一样种人。"

女娲停顿了一下又说道："那么我们人怎么种人呢？我们如果要生产后代，需要男人和女人不同性别的人在一起媾和，男人好比是种子，女人好比是土地，只有种子种在土地上，才能孕育出新的生命，哦，就像这小苗儿发芽出土一样的。"

呼似乎明白了，也似乎不明白。他问女娲说："妈妈，我那天傍晚在种人园看到的男人和女人，他们都是在种人吗？"女娲点点头。呼又问道："那么，我是你身上长出来的吗？"女娲又点点头。

呼望着妈妈的脸庞说："这挺好玩的。"女娲说："孩子，我们种人不是为了好玩，而是要履行一种天职——传宗接代。人是靠人一代代往下繁衍续传的，因为人一旦生下来就会长大的，长大之后就会变老，变老之后就会死去，死去之后就会化为黄土。比如我吧，我以前也像你小时候一样幼小、像你现在一样年轻，然而我现在已经变老了，我会很快衰老死去，女娲洞年龄大的人都会跟我一样。在不久的将来，你们这一代的年轻人就会看到这一幕情景。如果我们不繁衍人口，我们死亡之后女娲洞就不会有人了。其他的群落也是如此。所以，我们必须不断地为我们的群落生产出新的、更幼小、更年轻的人来，让他们继承和接替老的、即将死去的人。这样，我们娲姆洞才不至于断种灭种啊。"

听了娲姆这一席话，呼对娲姆说："原来是这样的。妈妈，我长大了也要给咱们娲姆洞种人，种很多很多的人！"娲姆高兴地说："你一定会的，你将来肯定是一个生殖力强壮的好男人！不过孩子，你现在还小呢，明白一些这样的道理就够了。以后你们小伙伴们玩耍呢，尽量不要到种人园里来。这里是成年人的配对交媾之地……

这些故事已过去好多年了，幼小的呼如今已经长大成人了。但是娲姆当年教导他的那些话，他还铭记在心窝里。那时候他年幼无知，天真无邪，什么事也敢想，什么话也敢问，现在回忆起来，呼倒是觉得很不好意思呢。

一阵夜风吹来，湖水哗哗拍岸。呼对娲姆说："妈妈，我小时候很幼稚，当年问你的问题真让人羞涩。"娲姆说："岁月让你成长了，阅历让你成熟了，那时候我跟你说的话，其实你多半还是不太明白的。现在呢，现在你明白了吗?"

"现在我彻底明白了，妈妈。"呼喃喃说道。娲姆畅快地笑着说："彻底明白就好了。呼，你已经到了为娲姆洞种人的时候了。你像秋天的楝树结满了饱满的种子，而咱们娲姆洞又有适合你播种的好土地。孩子，尽快去履行你的天职和你小时候的诺言吧。"

呼喃喃地说："可是，娲姆……"娲姆打断他的话说："姝娜姑娘是娲姆洞里最出色的姑娘，你根本不需要像猩猩和猿猿那样出去抢女人。因为姝娜姑娘已经把她的小土坑挖好了，只等着你给她播下种子呢。"

呼羞涩地低下了头,夜空中明亮的月亮似乎也笑眯眯的。时辰已经不早了,母子俩沿着湖边向娲姆洞走去。这时,他们身后的草地上骤然响起一阵似乎是刮风的声音,这声音非常急促。呼刚想转过身来看,他的脖颈就被一个人用双手搂住了,与此同时,那人温热的胸脯也紧紧贴在了他的胸膛上!

这太突如其来了,呼根本来不及看清这个人是谁!可是凭着男人的直觉,他感觉到这是一个女人,是一个年轻的姑娘。这姑娘身上携带着新鲜的牵牛花的香味,这花香不仅呼非常熟悉,娲姆也非常熟悉,就连娲姆洞里的所有人,都对这花香非常熟悉。啊,肯定是她,是姝娜姑娘!

姝娜姑娘平时总喜欢采一些牵牛花草围在她的腰间,以遮掩她赤裸的下体。有时候,她还喜欢用牵牛花编成项圈,戴在自己脖颈上,以遮掩丰硕的乳房。处于青春期的大姑娘,大都喜欢装饰自己。而时间一长,她这样的打扮样式就定格了——娲姆洞人只要闻到牵牛花的香味,就知道那是姝娜姑娘来了。刚才娲姆和呼前往湖水边散步的时候,就被姝娜姑娘注意到了。她避过呼和娲姆的视线,悄悄绕了个弯,就来到了娲姆和呼谈话的附近。她隐蔽在低矮的灌木丛后面,贪婪而深情地望着月光下的呼。湖面上轻轻吹来的夜风,将娲姆与呼说话的声音送了过来,送进了姝娜姑娘的耳朵。他们的谈话内容,她听得真真切切。因此,少女的心像小兔子一样欢腾跳动。当娲姆他们转身往回走的时候,姝娜姑娘就再也抑制不住激动的心,她从灌木丛后面飞奔过来,一下子就扑在呼的身上了……

呼和娲姆先是吃了一惊，可是瞬间之后，他们都明白这是怎么回事了。什么也不用说了，娲姆看着这一对年轻人，甜蜜而慈祥地微笑着移步而去。呼和姝娜目送娲姆渐渐远去的背影，相视一笑，紧紧搂抱在一起。忽然，他们松开双臂，姝娜姑娘用自己的右手牵起呼的左手，拉着他向一个地方跑去，那个地方就是呼小时候曾经去玩耍过的地方——娲姆洞人的种人园。

从湖边到种人园，他们俩跑了一段最短距离的直线，很快便来到呼当年挖土坑种树籽的地方。呼的脚步稍微迟缓了一下，他朝那棵已经长得又高又壮的楝树望了一眼，然后与姝娜姑娘飞快地穿过了乔木和灌木。

圆形的野草地洒满了皎洁的月光，显得更加静谧而神圣。种人园里现在只有他们两人。呼端详姝娜姑娘，只见她的脖颈上的花环还挂在她起伏的胸脯上，而她腰间的花裙早不知丢到哪里去了。姝娜姑娘平生第一次感到这片绿草地是那么的松软肥厚而且富有弹性。月亮看到了种人园内这两个幸福的年轻人，她害羞得急忙拽起几片云彩遮住自己的脸面……

这天夜晚，月光很妩媚，夜风很绵柔，人疙瘩山和饮马湖也很安详和谐。娲姆洞里的呼和姝娜姑娘，以及娲姆首领，都睡得十分香甜。娲姆的美意如同甘露一样洒到了这两个幸福的青年人身上，天和地似乎也在为他们的阴阳结合而喜悦。

今夜，妩媚的月光也照在嫦娆沟群里。这里名为嫦娆沟，其实既不是土沟，也不是山沟，它只是许多低矮

第六章 娲姆的美意

的土丘环抱着的一处平坦的土地。这片土地虽然低于周围的丘陵,却高于丘陵外围的草原和林地,因此它不囤积雨水,很适合人们在此休养生息。当娲姆洞的呼和姝娜姑娘在种人园两情相悦的时候,嫦娆沟的蛮却躺在自己的睡铺上叹气。所有的人都睡熟了,没人听到他的叹气声。蛮朝天仰卧着,睁大眼望着天空的明月,月色让他遐想,让他迷恋。蛮久久凝望着月亮,忽然发现月亮原来是一位姑娘的灿烂笑脸!

是哪位姑娘的灿烂笑脸呢?当然是娲姆洞姝娜姑娘的灿烂笑脸。姝娜姑娘看着蛮莞尔一笑,红红的嘴唇、雪白的牙齿好像近在咫尺,她那散发着体香的肢体似乎触手可及。蛮于是猛地伸开双臂去搂抱姝娜姑娘,谁知只扑住了一团空气!

"什么时候能把姝娜姑娘弄到嫦娆沟里来呢?让她天天陪着我,夜夜陪着我。"蛮一遍一遍地嘀咕着,渐渐地睡着了。突然,他嚯地坐起来说:"姝娜姑娘,蛮非把你弄到嫦娆沟里不行!"说完,又像死猪一样咚一声躺倒在地上。过了一阵子,蛮又像小孩子似的嘤嘤地哭了起来。

美妙的夜晚结束了,旭日东升,大地光明,更加美妙的白昼又来临了。呼平时总是黎明时分就起床了,那时候既没有公鸡打鸣,又没有钟表可看,可是呼每天都起得非常准时。而今天早上天色大亮他才苏醒。昨天夜里他太激动了,躺到草铺上一觉就睡到现在,平时里十分准确的生物钟也不起作用了。

娲姆洞的人们大都起来了。呼显得很不好意思,他急忙跑出去履行每天晨起之后要履行的那一套程序。很快，他就跟猩猩、草草和石一起出发了。他们4个人年龄差不多，性情又合得来，因此娲姆让他们组成了一个狩猎小组。他们这个小组是娲姆洞里最优秀的狩猎小组，因为他们每次猎获的猎物总比别的小组的要丰富。

娲姆洞有4个这样的狩猎小队，每个小队由3名~4名男子组成。小队并不设置队长或头领，但是自然而然形成了自己的核心。比如，呼就是他们这个小队的头头，一般情况下，大家都自觉听从呼的指挥。呼的这个地位和权力，不是娲姆给他的，也不是呼自己要来的，而是全体小队成员默许的。他们在长期的劳动生产活动中认可了呼，心甘情愿接受他的领导。

当他们绕过人疙瘩山踏上草原的时候，猩猩问道："呼，今天咱们到哪里打猎？"呼说道："你们说去哪里合适呢？"草草说："前天咱们去的树林打野猪，昨天咱们到湖边去捉鱼，今天呢，我看应该到草原那边逮野兔了。我喜欢吃野兔肉。最近一段时间，娲姆洞没人猎获过野兔了，因此我都好长时间没吃过野兔肉了。"

呼征求猩猩和石的意见，他们异口同声道："到草原上逮野兔吧！"呼说："好吧，那就向草原前进！"野风吹来，草起波浪，几个彪悍的小伙子成扇面形散开，搜索着走向草原深处。

他们出走不久，娲姆洞的一群妇女也拿着石刀、石铲走过来了，她们要到草原上采集野菜和一些已经成熟的植物种子。这些，都是这个季节里娲姆洞人不可缺少的食物。这群妇女当中，有一位漂亮的年轻姑娘，她就是姝娜。昨夜的激动化成了今天挂在她脸颊上的红晕。

妇女们经常出来采集，这是她们应该从事的生产活动。她们知道哪里野菜比较丰茂，哪里植物种子比较密集。草原上能吃的野菜很多，她们要寻找那些最鲜嫩、最肥厚的野菜，因为这样的野菜不仅好吃而且富有营养。姝娜姑娘随着大伙边走边挖野菜，看到能食用的植物种子，她就用手摘下来或捋下来。她提着一个兽皮袋子，采获的东西就装进这个袋子里。

草原广大辽阔，偶尔看见有大鸟在空中盘旋，姝娜姑娘知道这大鸟叫鹰，是很厉害的猎手。果然，一只鹰从半空俯冲下来，从草丛中抓起一只野兔。野兔被抓到了高空，但它仍吱吱地尖叫着，扑腾着四条腿拼命挣扎。瞬间，鹰飞远了，野兔的叫声也听不到了……

时近中午，妇女收获丰富。一位老者招呼大家坐下来歇息一会，吃点野菜准备返程。姝娜姑娘吃了几口野菜，她忽然发现前面的一片小洼地长着很多的红色浆果。这种浆果又酸又甜，是娲姆洞人最喜欢的浆果之一。于是她对大伙说："你们先歇一歇吧，我到洼地采点浆果就回来。"

小洼地由于经常汇积雨水，因此植物长得非常茂盛。那像红霞一般美丽的浆果结在碧绿的草棵上，疙疙瘩瘩，密密层层，看了真让人动心。姝娜姑娘摘了一颗浆果放入嘴里，啊，浆果熟透了，酸甜的滋味直钻透到心里。于是她展开双手左右开弓，迅速摘了一大堆浆果拿给那些歇息的妇女们。大家品尝之后夸赞道："真好吃！"

可是这话姝娜姑娘并没有听见。为什么？因为她早就返回小洼地去了。很快，她又采下一堆浆果。就在姝娜姑娘兴高采烈地采摘浆果时，忽然间发觉有一阵风从背后吹来，吹得野草窸窣发响。姝娜姑娘正在兴头上，她甚至没顾上回头看一眼。

而就在这时，姝娜姑娘嗅到了一丝男人身上的汗液味儿。她吃了一惊，回头看时，早被两只粗壮的胳膊抱起来了。那人抱起姝娜姑娘就跑，姝娜姑娘挣脱不开，只好大声呼叫。娲姆洞的妇女们听到了洼地里的喊声连忙起身张望，却看见一个壮硕的男子横抱着姝娜姑娘已经朝草原那边飞奔而去。妇女们大喊大叫，让那男子把姝娜姑娘放下来。而呼叫声中，那男子却越跑越远了。妇女中有人认得那男子的背影，说："他是嫦娆沟的蛮，一个不讲道理的坏蛋。前些日子他就曾把姝娜姑娘抢走过一次，但是不知为何没走很远就又把她放回来了。"

妇女中一位老者哭了，她说："这该怎么办呢？我听说娲姆十分器重姝娜姑娘，准备培养她当娲姆洞的下一代首领呢。而且，我听说呼喜欢上了姝娜姑娘，昨夜他们去了种人园呢。"

妇女们人人低头不语。她们对此真的毫无办法。

就在妇女们集体犯愁的时候，呼和猩猩等人追逐着一只肥大的野兔来到了她们附近。妇女们看见了呼，就像见到了救星，用手指着方向齐声喊道："蛮把姝娜姑娘掳走啦！蛮把姝娜姑娘掳走啦！"

呼和猩猩等人看到了她们的手势，也听到了她们的呼喊，立刻明白了是怎么回事。那只野兔还在一颠一颠地向前逃命，而呼他们几人则站在那里不追它了。

呼对石说："你把咱们猎获的兔子全部背上，跟她们一起回娲姆洞吧。我和猩猩、草草去截住这个偷人贼！"说罢，他们3人就像麋鹿似的飞奔而去。

呼他们要奔向何方？猩猩和草草不用问就知道：他们是要穿过姝娜姑娘采集浆果的这片洼地，抄近道走直线把蛮堵在他回嫦娆沟必经之路上。情况很明确，蛮强掳走了姝娜姑娘，一定是要把他带回嫦娆沟去的。如果姝娜姑娘被他带到了嫦娆沟里，那么无论是呼和猩猩、草草也好，还是娲姆洞全体男人一齐出动也好，就很难把姝娜姑娘解救出来了。因为那时原始群落盛行抢婚制，即无论哪个群落掳走哪个群落的女子，一旦将这女子抢到了群落里，那么对方不予认可也不行了。不管这条规则合理不合理，反正所有的群落都是按照它来执行的。

前面说过，嫦娆沟包围在好几座丘陵之中，丘陵与丘陵之间都是进入嫦娆沟的路径。而呼他们却知道：这多条路径之中，只有一条路径是对着大草原的，这也是蛮进入嫦娆沟的通道。把住了这条通道，蛮就无法逃脱了。

果然不出所料。当呼他们刚刚到达通道口并隐蔽好的时候，蛮就背着姝娜姑娘呼哧气喘地跑过来了。姝娜姑娘被这个身强力壮的男人死死地控制住并带到了这里，她气得骂了他一路。但是蛮不讲理，也不怕骂，他使出吃奶的力气没命地奔跑，想用最快的速度将姝娜抢到群落里，好实现它霸占姝娜姑娘的美梦。

第六章 娲姆的美意

走到了这里，蛮终于可以松一口气了。他回身看看走过的路，并没有人追来；又扭脸看看周围稀疏的树木，他知道走到这里也就走到了这片大草原的尽头了。再往前走不远，就是嫦娆沟的居住地了。哈哈，这事情已经是十拿九稳了。

蛮心里这么一想，立马觉得两腿发软没劲儿了。于是他把姝娜姑娘放到了地上说："你不是不愿意跟我去嫦娆沟吗？那么我把你放下来了，你现在可以回娲姆洞了！"蛮的意思是，姝娜姑娘已经到了我的家门口了，你无论如何是难以逃脱了。他说完这句话后半晌没有回头看姝娜姑娘，也没听见姝娜姑娘说话。等他回过头再瞧的时候，哎，姝娜姑娘怎么不在他身后面了？揉揉眼睛一看，啊呀，姝娜姑娘正夹在3个男子中间肩并肩地朝草原上疾走哩！

"哇呀呀！"蛮大叫着狂奔而来。三男一女也飞身跑去，蛮紧追不舍。他们之间的距离越拉越大。看起来，这三男一女若想摆脱蛮的追逐是轻而易举的事情。然而他们跑了一阵就戛然止步了。三个男人把姝娜姑娘挡在后面，静静等待蛮的到来。

蛮气喘吁吁来到了他们面前。只听三个男人中的黑男人说道："蛮，我们认得你，而你不认得我。我是娲姆洞的呼。你强抢我的女人，我们现在又夺回来了。现在，咱们之间已经没有事了。奉劝你不要再追我们了！"蛮在地上一蹦三尺高地喊道："不行不行不行，我想要的女人，决不能放她走！"

呼把手中打猎用的木棍转身递给姝娜姑娘说："看

来，咱们这一仗必须打啦。"他这话还未落地，那蛮就冲了上来。猩猩和草草急忙让开退到一边，因为两个男人因争夺女人发生格斗的话，是这两个男人之间的事，别的男人不便插手。

蛮力大无穷，他伸开熊掌似的大巴掌连扇带抓，若是呼被他扇着或抓着了，那后果都不堪设想。而呼虽然瘦小些，但肌肉发达，筋骨结实，尤其是他头脑聪颖，身体灵活，因此他连续避开了蛮的野蛮进攻。蛮见呼节节败退，就如饿虎扑食更加疯狂起来。呼一边后退一边说道："蛮，你收手吧。咱们各自回去算啦！"

"哼，回去，那你把姝娜姑娘交给我带走。"蛮说着，又朝呼追打过来，他看见呼身后不远处有一棵大树，想把呼逼到大树跟前将他打扁，于是蛮就猛扑过来。眼看就把呼夹到大树干上了，谁知呼一转身噌噌噌上到了大树上面。蛮扑到大树下，抬头寻找呼的时候，呼却从大树上一跃而下，双脚踹在蛮的前胸上。蛮像一头死猪似的仰面倒地，摔得他口吐白沫，爬也爬不起来，坐也坐不起来！

猩猩和草草走到蛮跟前说："强夺人美，必遭此罪！"呼喊道："咱们走了！"于是牵着姝娜姑娘的手大步离去。蛮看着他们的背影胸膛都要气炸了。他突然从地上爬起身瞄准姝娜姑娘狂奔过来。听见身后有疾风暴雨似的脚步声，呼急忙转过身来，此时蛮已经像一头发疯的野象冲到了跟前。他低着脑袋，企图一头将姝娜姑娘撞倒、撞死！呼和猩猩、草草见状不约而同啊了一声。而与此同时，蛮一声大叫趴倒在地上，双手捂住脸面呜呜地哭了。

这是怎么回事？原来刚才呼跟蛮格斗之前，就把自己手中的木棍交给了姝娜姑娘让她替自己拿着。呼为何不用木棍对付蛮呢？因为呼始终记着娲姆对他的教导：狩猎用的武器是对付野兽的，任何时候都不能用它来对付人类。刚才呼打败蛮之后，他们激动地迈步就走，其时这木棍还拿在姝娜姑娘的手中。蛮的这一冲撞十分出人意料，简直把姝娜姑娘吓坏了。惊慌之中她本能地将手中的木棍朝前一举，谁知恰巧与蛮的左眼睛对接到了一起！

这是眨眼之间发生的事情，除了蛮本人之外，没有一人知道姝娜姑娘手中的木棍戳伤了蛮的左眼睛。呼他们看到蛮终于趴在地上不追打他们了，于是决定以最快的速度离去，以免再生事端。

第七章　开天辟地

中国古代有一个盘古开天地的神话传说。说远古时期乾坤混沌，天与地粘连在一起。是盘古使用无比伟大的神力，把天跟地辟开，世界从此之后天高地阔、乾坤分明。远古神话所讲述的事情我们今天既无法寻踪也无法验证。我们的先祖可能是通过神话传说这种方式，把人类历史上曾经发生过的重大事件隐喻其中以告诉后人。一位外国人曾经说过，伟大的时刻也许只有一瞬间，然而历史为这一时刻的到来却经历了漫长而艰辛的过程。是的，点亮人类的文明之灯也许就在那个上午的某个钟点，但是人们来到这个钟点却需要坚忍不拔、前赴后继地跋涉千百万年！

呼他们成功地拦截住蛮并战胜他之后，就以最快的速度离开了这块危险之地。因为这距离嫦娆沟很近，若是被嫦娆沟的人发现了那就有麻烦了。他们跑出几百步之后，回头一望，只见蛮还像死狗似的趴在地上。

呼他们回到娲姆洞之后，把这件事原原本本地告诉了娲姆。娲姆听完之后轻轻说了一句话："这个蛮，迟早是一个麻烦制造者。"

呼担心姝娜姑娘今天受到了惊吓，就安慰她说："暴风雨已经过去啦，现在又是风和日丽。"不过姝娜姑娘显得镇定平静，就好像什么事情也没有发生过一样。这让娲姆很佩服。她对呼说："若换了别的姑娘，肯定会受惊的。姝娜姑娘是个心胸宽大能容大事的人！"

姝娜姑娘听了娲姆的称赞不好意思地说："事情已经发生了，惊恐害怕有什么用呢？"娲姆看着她微微点了点头，嘴上没言语心里在说："嗯，是一个能够接我班的好苗子。"

第二天，呼他们决定去树林里打猎，有意不到草原上去，因为昨天刚发生了不愉快的事，为的是避免今天再与蛮相遇。打猎归来的途中，呼对猩猩等人说："我好些日子没有到天火场去过了，现在想顺便去看一看。今天大家跑的路程比较远，都已经很累了。这样，你们就先回吧，我到天火场看一眼很快就回来。"

草草提出要跟呼一起去，被呼拒绝了。于是他们几人分手而去。呼来到天火场绕着它转了一圈，边走边巡视那些横七竖八的树木。这些树木堆积在这里已经好些天了，树皮斑驳脱落，有些树木挨着地面，树身已经长出了蘑菇和木耳，有些已经被地上长起来的茂草吞噬了。呼站在那里仰望天空，高高的天幕上，一轮太阳已经西斜。

"天火啊天火，你什么时候降临到这里呢？"呼大声发问，声音在树林间穿越回荡。呼一步一回头地离开了天火场，在通过一片茂密的林地时，呼发现一棵大树下面有很多扁圆形的小颗粒，那是虫子的粪便。"这大树上有青虫。我要上树捉一些虫子给姝娜姑娘吃。"呼飞快攀上大树，那些树叶之上，果然趴着不少青白色的肉虫子。他知道姝娜姑娘最喜欢吃这种虫子，呼小时候曾给她捉过几只，当时姝娜姑娘高兴坏了。可是从那以后，呼就再也没有给她捉过虫子吃了。

呼用很短的时间就捉了一大把青虫，他溜下树来，从草丛中揪了几片又圆又大的草叶把虫子包住，然后背上自己的猎物踏上了归程。当他把这些虫子送给姝娜姑娘的时候，姝娜姑娘高兴地在地上蹦跳了几下并点头表示感谢。她是很大方的人，虽然特别爱吃这种虫子，但她打开草叶，将虫子让给娲姆洞的其他几个姑娘吃。有的姑娘拿走一两只吃了，有的却一只也不敢吃，她们害怕这种活虫。

娲姆洞人一天的劳动生产结束了，因为此时太阳已经落下了西天。就在此时，天上突然出现了满天红霞，先是粉红色的，很快就变成了血红色。万朵红霞把大地烘托得红彤彤的，人疙瘩山上祥云缭绕，饮马湖上瑞霭缥缈。娲姆洞的男女老少都稀奇地欣赏着这罕见的天象。娲姆仔细端详，欣喜非常。人生的阅历告诉她：傍晚红霞满天，必是天示祥兆。每次遇到类似情况，好运就会降临到娲姆洞里。猎手们若出外打猎，往往会收获平时很难捕获的大型动物，如三门马、麋鹿或大象等，或是能猎获种类和数量都很可观的小动物。妇女们若出外采集，就会碰到很多鲜美的蘑菇，或是发现很多肥美的野菜，采集到很多成熟了的香甜果实。还有的时候，

娲姆洞的天火
——西侯度原始先民取火记

男子们会很顺利得抢回来一位年轻健壮的女子,产妇会很顺利地生产下健康的孩子……

这一回,苍天会给娲姆洞人赐予什么好事呢?娲姆心里嘀咕着,但是她决不去下结论。因为她相信苍天的事情人不可能预知。"这一回娲姆洞人必将得到更大的福祉!"娲姆面如丹霞,心如花开。她在心里默默地感恩苍天,并为娲姆洞人祈福。

祥云瑞霭让每个人的心中都充满了欢悦。呼牵着姝娜姑娘的手像一阵春风似的跑向湖边,贪婪地欣赏着水波不兴的湖水中倒映的绛云。此时,天上云霞,水中云霞,天似水,水似天,恍惚之中,天水一色,水天难分,美得简直让人窒息!两个年轻人心潮澎湃,不能自已。于是,他们又像一阵旋风掠过了草地,穿过了树木,吹到了种人园里……

美好的傍晚给予人们无限的美意和狂浪。娲姆洞人就怀揣着一肚子幸福进入了甜蜜的梦乡。

第二天黎明时分,娲姆洞的人就陆陆续续起来了。不一会儿,红日喷薄而出,灿烂的晨辉将人疙瘩山照耀得像一座金山模样。树林里百鸟歌唱,孔雀开屏;草原上鹿儿欢蹦、马儿奔腾;湖水中群鱼跳跃,水莲怒放。啊,新的一天开始了,它一开始就显得这么美好!

人们兴高采烈地开始了一天的劳动生产活动。大家不约而同都在内心里期待着那还没有到来的幸运之事。

谁知天有不测风云。正午时分,湛蓝的天空突然起了乌云。乌云像奔腾的野马群,又像一排排高大的水浪,自北天滚滚而来,很快就遮住了蓝天和太阳,甚至

娲姆洞的天
火——西侯度原始先民取火记

把人疙瘩山都罩住了。天色似乎要黑了。忽然，一声声炸雷、一道道闪电在天空出现了！咔嚓！呼隆隆——咔嚓！雷声震得山摇地抖，闪电晃得人睁不开双目。

娲姆洞的土壁上被雷声震得唰唰落土，留守在洞里的妇孺一片惊恐。在这之前，娲姆正带着一些人在湖水中捉鱼。看到天气突变，娲姆对人们说："湖水是大地的眼睛。湖看天，人看湖，湖里的天色很难看。嗯，天气要变了，不是大风就是大雨！咱们收拾一下赶快回娲姆洞去吧！"

娲姆洞出去打猎和采集的男人与女人看到天气突变，也纷纷中止了自己的劳动往家里赶。首领娲姆跟每一个人都反复叮咛过：出外活动时如果遇到天气恶劣变化，无论你们离娲姆洞近还是远，都要立即赶回来。即使有很多的猎物你们也不要去捕获了；即使有很丰富的果实和野菜，你们也不要再采集了。已经到手的猎物或采集物，如果遇上狂风暴雨的话，能带的则带回来，不好带的就把它们全部丢弃。这是娲姆的一贯主张。她经常说："留得青山绿草在，不怕我们没吃的。"

娲姆洞人都牢牢铭记着娲姆的教导。而男人们则更深层次地懂得娲姆的叮嘱的含义。他们知道：天气巨变，人们不只是面临天气带来的危险，而且还面临他们的狩猎对象所造成的威胁。每当天气变得恶劣时，野兽们的性情也变得非常古怪，它们显得十分狂躁暴力，猎获它们比平时要艰难好几倍。有时它们还会主动向人类进攻。就连那些平日里比较温柔的食草动物如小鹿、三门马，也会发疯似的张口咬人呢。这个时候如果想要猎

娲姆洞的天火

——西侯度原始先民取火记

取它们的话，简直是拿生命开玩笑。

雷声咣咣，闪电唰唰，风起云涌，大有天要塌下来、地要陷下去的情势！人们纷纷赶回到娲姆洞里来了，这是他们的大本营和避难所。娲姆很高兴，然而她的眉宇之间挂着一丝忧虑。作为首领，她熟悉娲姆洞的每一个人。她用眼光环视了一下大家，就知道了目前的情况：娲姆洞的男人和女人都回来了，只差一个他还没有回来。

他是谁？呼。娲姆问猩猩道："呼为何还没回来呀？"猩猩回答："天变之前我们四人总在一起打猎。雷电出现之后，呼督促大伙快速回娲姆洞。起初我们几人前后紧紧相随地走着，呼担心我们走散，就紧跟在我们的最后面。一路上又是响雷又是闪电，黑云浓雾把眼睛都罩住了。但是有呼走在最后面我们都很放心。就这样，我们一直回到娲姆洞，才发现呼不见了。也不知他是什么时候跟我们分开的。"娲姆听了之后说："如此说来呼跟你们分开的时间并没多久，他很快就会回来的。"说完，就嘱咐猩猩和其他到家的人员放松休息一会，妇女们开始给大伙准备吃的食物。

娲姆望着天空闪亮的电火和翻滚的乌云，听着震耳欲聋的雷暴之声，她的表情冷静而沉着。其实，娲姆心里比谁都焦急。然而这个情绪不能流露出来，否则会引起全体群落的惶恐。她知道呼很聪明，也很彪悍强壮，他有能力保护好自己，是不大会在这雷电云雾之中因迷失方向而出岔子的。可是娲姆又担心，万一呼碰上了发狂的猛兽怎么办呢？比如，他遇到了一头大象或剑齿虎的攻击，他能成功地逃脱吗？想到这里，娲姆不由地就乱了心绪。

　　除了娲姆，这时还有一个人也对呼提着心、吊着胆呢。谁呀？当然是姝娜姑娘了。娲姆刚才问猩猩的话，其实就是姝娜姑娘最想问的话。猩猩既然已经把事情说明白了，姝娜姑娘就没有必要再询问了。此时，娲姆的担忧也是姝娜姑娘的担忧。姝娜姑娘不止一次地偷眼去看娲姆脸上的表情，她知道娲姆心里想的是什么。可是她看见的是一张平静而镇定的脸庞。姝娜姑娘内心强大而坚韧，有着常人所没有的自制力。她深爱呼胜过爱她自己。她知道着急是没有用的，因此也仿效着娲姆，默默坐在洞壁之下期盼着。

　　雷声仍然轰隆隆响着，闪电像一根曲曲弯弯的树藤，从云层中伸向丛林，伸向草原。雨点落下来了，叭叭地砸在娲姆洞前的地面上，地上的尘土被砸出一个个小坑。人们担心天降暴雨。可是地皮还没下湿，一阵狂风就把漫天的黑云吹走了，太阳出来了，人疙瘩山现出了原形，明亮的湖水也看得见了！人们的心情一下松弛下来。

　　只听猩猩和草草对娲姆说："让我们去寻找呼吧，也许他遇到了不可知的困难！"娲姆说："惊人的天气总算过去了，你们不必去寻找他了。如果呼自个回不来，你们找他也没用；如果他自个能回来，你们就不用去找他。"听了这话，娲姆洞里刚刚活跃的气氛一下子又凝重起来。就在大伙都在心里头默默期盼呼快点回来的时候，姝娜姑娘突然跳起来喊道："呼回来啦！"

第七章 开天辟地

其实，娲姆比任何人都更早地看到了呼，她没有吭声，只是眼眶瞬间潮湿了。

听到了姝娜姑娘的尖叫声，娲姆洞男女老少都朝一个方向看去，啊，呼真的回来了！

他双手捧着一包东西，那是用他平时围在腰间的马皮裙兜着的一包看似十分沉重的东西。他一步一步朝娲姆洞走来。一团淡淡的青烟，伴随着他前行。哦，原来这团轻烟是从他手捧的马皮包里散发出来的。

他的模样把娲姆洞全体成员都惊呆了！只见他满面黢黑，好似涂抹了一层黑土。黑色的汗水顺着头发和脖子淌到了赤裸的前胸，胸大肌也黢黑发红，似乎皮肤上起了血泡，往外渗透着鲜血。腿上的毛也一块一块的不见了，好像被拔掉了一样，也渗着鲜血；两只脚的脚趾头则血肉模糊。他的背上还背着两只野兔和一只野鸡……眼前的呼，简直是由一个英俊青年变成了一个可怕的怪物！

就在人们还在张大嘴巴惊愕之际，足智多谋、人生经验丰富的娲姆便大声喊道："猩猩、草草、姝娜，你们快把呼手中的东西接住！"几个年轻人急忙跑上前去。猩猩人高步大，第一个冲到呼跟前。可是呼摇摇头，张开干涸的嘴巴说："先帮我卸掉背上的猎物，不要动我手中的东西。"这声音嘶哑低沉得几乎听不见，除了猩猩，大概每一个人都听不明白呼的意思。

于是猩猩把野兔野鸡拿了下来。大伙围了上来。姝娜姑娘用石碗端来一碗水给呼喝。呼冲他一笑，摇摇头表示拒绝。然后他一步一步走到娲姆洞前面，就在洞壁

第七章 开天辟地

前面的绿草坪上，呼停住脚步，然后跪在地上，将手中的马皮包轻轻搁在地上，然后缓缓地打开了它。

人们以呼为中心围了一个圆圈，争先恐后要看看他包的究竟是什么稀奇东西。有人猜测是一种十分珍贵的蘑菇，有可能是灵芝草；有人猜测是一种没有吃过的鸟蛋，这鸟蛋很大很好吃，颜色可能是红的；还有人猜测呼给大家带回来的，很可能是一种野兽的心肝五脏，大家伙都没见过、也没吃过。

就在大家凭想象猜测的时候，马皮包裹的东西已经呈现在人们面前。人们不约而同地"啊"了一声，每个人都惊诧极了！年龄小的人呢根本不知道这叫什么，而只有娲姆和娲姆洞阅历丰富的男人才知道：呼这是把天火捧回来了！

呼真的把天火捧回来了！

就在呼展开的马皮裙里，包着一层厚厚的黄沙，黄沙上面，托着一疙瘩烧焦的树枝，树枝还着着暗火，此时被人疙瘩山上的微风一吹，竟然冒起了一缕青烟，显现出红红的火色！

这就是呼梦寐的天火，这就是娲姆和娲姆洞人祈求苍天和太阳恩赐的天火啊！

然而人们毕竟对天火是陌生和无知的，因此，大多数人除了对呼捧回天火的故事感兴趣之外，并没有对天火本身表现出太大的热情。作为人类社会的先行者和中华民族的鼻祖，他们又如何能明白：呼的这一行动，可视为人类文明的开天辟地之举！人类用火的新纪元从此发轫，地球文明快速进化的序幕也就此拉开了！

历史的开创与发明，大多是在人类的日常生活中静静地完成的。我们今天看到的人类历史上许多惊天动地的大发现、大发明、大创造、大进步，其实都是人们在多年的实践和摸索中慢慢实现的。用一个中国成语形容，那就叫作"水到渠成"。

而180万年前的这个名字叫呼的原始祖先的取火成功，应该叫作"时到火成"——古人类行进到这个时间和空间时，他们千百万年所积累的智慧火花，必然点燃起人类的第一堆篝火！

而此时此地，人类发展史上已知的第一位取火者呼将他带回来的天火展开后，风吹炭火红，众人无不欢叫。此时他缓缓站起身，走到娲姆洞人睡的草铺上，用手抓了些已经被人使用得变得十分绵软的干草，返身来到那捧依然发红散烟的火炭前，把一把干草放在火炭上，正巧一缕山风吹来，干草渐渐由黄发黑，并冒出丝丝浓烟。烟雾越来越浓，越来越多，忽然，烟雾中一道亮闪，绵软的干草"哄"地着起了火苗！这是柔弱的红黄色火苗，它夹杂着青烟，在微风中摇摆着，晃动着，忽高忽低，忽大忽小，像人们在跳舞，又像是旗帜在飘荡。

呼示意猩猩取一些干树枝过来，呼把树枝折断放在火堆上面。一瞬间，树枝竟然嘎巴嘎巴响着也燃起了火焰。娲姆洞的所有人，除了呼之外，没有人如此近距离地看见过火焰，即使有人曾见过树林和草原上因雷击而造成的燃烧现象，但他们都是远望而不敢近观，唯恐避之不及、躲之不远呢！因此他们又一次兴奋地欢叫起

娲姆洞的天火
——西侯度原始先民取火记

来！许多人也到处去找干草干树枝，把他弄来交给呼，由呼添加在火堆上。众人拾柴火焰高，这样，火焰越来越旺，火势越来越大，火头直冲苍穹，青烟飘扬莽原……

　　太阳光照射着娲姆洞，照射着这堆由人类在自己的聚居地燃烧的火光。太阳光和人类火光相映生辉，耀得人们眼睛都睁不开。整整一个下午，娲姆洞的人们都在忙着拾柴烧火。当他们把干草根或干树木扔到火堆上的时候，立刻就有浓烟和烈焰腾起，同时也会感到有很强烈的热力向四周散发开来。

　　真是太神奇、太神妙了！这是娲姆洞人对火的第一声感叹。当呼刚把马皮包打开的那个时候，娲姆洞人虽然也感到这不可思议，但他们对火基本上还是一无所知的。而现在呢，经过跟火半天时间的交往交际、耳鬓厮磨，他们才真正开始认识这个神圣又神秘之物！他们发现：火像人一样，是活的神物。它像人一样要吃食物，它的食物就是草木，干的草木它最喜欢，但湿的草木它也可以吃。你给火堆上加的草木多的话，它的火势就大，相反，火势就小。若是火堆上的草木已经燃烧过久的话，那么它就不会喷腾火焰也不冒青烟了，只留下了红色的火炭。如果再继续不给它添柴草的话，红色的火炭就慢慢变成了轻飘飘的灰烬。如果此时还不及时给火堆添加柴草的话，那么火堆就显得气息奄奄，跟快咽气的老人或动物似的，时刻都有断气灭火的危险。他们还发现，风能助火势：风力越大，火势越旺。

　　娲姆洞人被这神奇的火迷住了。他们不知疲倦地照

第七章　开天辟地

料着这堆火,老人、孩子和体弱多病的妇女都围在火堆旁边不肯离去,眼睛一刻不停地盯着火堆。有人被烟火熏得眼睛发酸流泪、连打喷嚏,有人被火烤得脸面发烧、前胸发烫、手脚发疼,但他们还是紧紧围着火堆。

看到火堆熊熊燃烧起来之后,娲姆就让呼到湖边去洗涮洗涮。因为他浑身沾满了火灰,到处都是被火燎伤的痕迹。虽然这些烧伤并不太严重,但是呼一定感到非常疼痛。呼此时也的确累了,于是他看看跳跃的火焰,便到湖边清洗身体去了。娲姆吩咐一名老者用采集的药草嚼成糊糊状的浆汁,然后把它涂到呼被火灼过的皮肤上,并要他躺下来好好休息休息。

而娲姆自己却一直守在火堆旁边观察指挥。她是想要求自己在最短的时间内了解、熟悉和掌握神圣的火,让它像娲姆洞人最初祈求和希冀的那样,给他们带来丰厚的利益和福祉。她认为这是一个群落首领必须竭力履行的责任。

娲姆不愧是一位既有能力又负责任的群落首领。她看到娲姆洞的人已经简单地了解了火并能够使火堆延续燃烧不熄灭,心里十分高兴。于是,她吩咐几名男子和妇女用石刀宰割今天的猎物,他们把动物的毛皮撕扯下来之后,娲姆又吩咐将兽肉挑在木棍上伸到火焰里去烧烤。这些骨头和筋肉连在一起的兽肉血淋淋得腥臊扑鼻,而娲姆洞的人以前就将它们生吞活剥地嚼在口中、咽在肚里了。

今天可是大不同了,已经宰割好的可供人们食用的兽肉不让吃了。它们被挑在粗壮的树枝上、放置在炽热的火焰当中进一步加工。神奇的火舌舔舐着这些兽肉，把兽肉舔舐得滋滋哼叫，一滴一滴的油脂从一大块一大块的肉团上渗出来、滴下来了。油滴在火堆里就腾起一缕火焰。很快，肉团上也燃起了火苗，也冒起了青烟。原来这兽肉也能烧火、火也很喜欢兽肉！

娲姆洞的许多人，都曾品尝过被树林里的雷火偶然间烧死的动物肉，但没有一个人闻到过大火烧烤兽肉的香味儿，更没有一个人闻到过使用自己烧起的烈焰烧烤自己猎获的兽肉的香味儿。这味道简直是苍天的赐予：不知道它有多么好闻，只知道它穿心透肺，直刺入人们的脑袋和骨髓！虽然这香味儿里还夹杂着草木散发的烟气，但它已经足够神了、足够美了！

火堆周围的人和不断给火堆供给草木的人无不贪婪地吸吮着充满肉香味的热辣空气，它们快速扇动鼻翼，恨不能把这味道全吸进肚子里去。一些人甚至认为，这些气味能填饱自己的肚子呢！烧肉的味儿笼罩了整个娲姆洞，也弥漫到了人疙瘩山和饮马湖上。

呼在草铺上休息了一会儿，他也禁不住这香味儿的诱惑，一骨碌爬起身奔火堆而来。他看到一块块兽肉已经被火烧得着起了火苗，就对娲姆说："娲姆，我看已经烧得差不多啦，让他们把肉取下来吃吧。"

插在木棍尖上的肉疙瘩十分烫手，猩猩想用手撕掉一块下来，谁知被烫得哇哇大叫。呼告诉大伙："刚被火烧过的东西会把人灼伤的，需要晾一晾才能接触。"因为呼曾被天火烧伤过两次了，对此他已经有了经验。

晾了一会儿，猩猩终于耐不住了。他伸开双手，把肉团一点一点撕裂开来并分成小份,娲姆对大伙说:"这是我们用自己的火烧的肉,大家都来尝尝吧!"人们各自取了一份烧肉,有些人张开大嘴就开始撕咬咀嚼,有些人捧在手掌上观看着,还放在鼻子底下嗅肉的香气,然后才开始一点一点慢慢地品尝。

其实刚才人们在火堆上总共烧烤了三大块兽肉,其中有两只野兔和一只野羊。不大一会儿,这些肉团就被大伙分光吃净了。娲姆也跟所有的人一样分得了一份烧肉,她不急不忙地把一块块半生不熟的烧肉送进嘴里,然后不紧不慢地咀嚼着。是的,火烧过的兽肉不仅变得非常容易扯碎和嚼烂了,而且腥臊尽除。它变得香气扑鼻,非常非常好吃。同样的一块兔子肉,经过火焰这么一烧一燎,完全变成了两种截然不同的东西。苍天真是神圣,苍天真是伟大!它赐给娲姆洞人的天火竟然如此神奇!

如果说呼捧回天火并在娲姆洞前燃起火堆,娲姆就曾非常激动的话,那么当她亲口吃到了由这大火烧烤的美食时,就越发激动不已了。她对呼和娲姆洞的全体人员说:"上苍不负我们所望,把神圣的天火恩赐予我们了。现在,呼已经把火种接到娲姆洞来啦。我宣布:咱们的新生活开始啦!"

"新生活开始啦!新生活开始啦!"娲姆洞的男女老少放声呼叫,欢呼跳跃,欣喜若狂!人们挥舞着手里香喷喷的肉块,有人把刚吃在嘴里的烧肉也喷了出来。石、草草和姝娜姑娘等几个年轻人欢笑着冲向饮马湖,他们扑里扑通跃入湖中,发疯似的拍击着湖水,以此表达他们无比兴奋的心情。年老的长者则用手掌使劲拍打自己的前胸，以宣泄内心的喜悦。有几个可爱的孩童则捡起地上的柴草往火堆上面扔，还用树枝木棍撩拨火堆，没想到离火堆太近了，被飘忽的火苗刺啦刺啦燎着了头发和胳膊上的体毛，有的被火舌舔着了眼睫毛，并把脸上的细毛燎了个精光……

人们都聚集在火堆旁边欢闹的时候，夜幕悄悄降临了，可是竟然没有人发现天色已经黑了。今夜，娲姆洞人不再忌惮黑夜，因为他们有了火，火给他们带来光明，他们拥有了自己的太阳。年轻人吃饱了烤肉，都一个个拉着手围着火堆唱歌跳舞。他们唱的歌，无非是从喉咙里喊出来的哇哇呀呀和嗨嗨呵呵之声；他们跳的舞，也不过是随意蹦跶走动而已。原始先民的歌唱和舞蹈就是如此，不会像今天他们的后代唱得这样美妙动听、跳得这样曼妙动人。

娲姆也跟着大伙载歌载舞。她看见了呼，就拉着呼的手绕着火堆跳了两圈舞，之后把呼拉到一边坐下说道："孩子，你可为咱娲姆洞立了大功啦！你看这火，真是圣火啊！"

呼说道："娲姆，天降圣火，本来就是上苍的意愿，也是娲姆洞人的期盼，我只不过替他们完成了这个想法。"娲姆问道："呼啊，这一阵子只忙着圣火的事了，还没来得及问你取天火的事呢。怎么样？天火场的大火一定非常非常的猛烈吧？"

呼对娲姆说："妈妈，中午天气突变时，我们就遵循你的教导飞快往回赶。途中，天空出现了雷电。当时

娲姆洞的天火
——西侯度原始先民取火记

我就想：苍天是不是要给我们降天火啦？也许是！想到这，我就必须去天火场看看。可是我又不想让猩猩他们在这种恶劣天气里跟着我瞎跑，因此就悄悄脱离他们一个人去了。当时云雾弥漫，十步之外啥也看不清楚。可是我凭着自己的记忆和感觉，准确无误地到达了天火场。此时天公给力，响雷一个接着一个，闪电一道接着一道。我双手举起来跪在天火场向苍天祈祷，希望它把娲姆洞人费了千辛万苦堆积到这里的树木快快点燃！我不住地祈祷，不住地呼喊，苍天一定听到了我的声音。可是，它并没有把天火降到天火场里。

"雷电慢慢消失了，乌云也慢慢裂开了缝隙。我失望了，于是就背着猎物离开天火场回娲姆洞。也可能是云雾太重，也可能是我心里失望，反正我恍惚之间竟然迷路了。回娲姆洞应该向西南方向走，可是我却向正南方走去。等我看到那片草原上生长的特殊的野草时，我才发现自己走错了路。我辨认了方向之后，就迈开大步往回走了。刚走了不远，就被一团呛人的烟雾裹在里面。娲姆，你知道我当时多么高兴！因为我知道这烟雾不是平常咱们见到的浓雾，而是苍天降下天火时树木燃烧冒出的火烟！因为我曾在天火场见过它并嗅过它的气味。

"我既然闻到了如此浓烈的火烟味儿，我就断定不远处一定有天火在燃烧，于是急忙四处搜寻。此时，一阵疾风吹来，烟雾顿时散了许多，我看清楚距我不到200步的地方，有一片闪烁的红色。啊，这一准就是天火！我激动万分，立刻往那里跑去。一点儿也不错，这就是一堆快要熄灭的火焰！"

"奇怪啊，天火场里堆积了那么多的干树枯枝，天火却没有在那里降落；而草原上没有什么树木，天火却在这里降临了。上苍的心事，人类真的是难以猜测哦。"听到这里，娲姆感叹道。

"是的娲姆，当时我也是觉得非常出人意料。可是仔细一瞧我就明白了。娲姆，你知道为何天火会降到此处吗？"呼问道。

娲姆摇了摇头表示不明白。呼接着说："原来，这天火降临的地方四周围地势都比较低，只有这里是一块凸出的小高地。雷电其实最喜欢光顾这样的地方。而这还不是最主要的原因。最主要的原因是什么呢？是在小高地的边上堆放着一堆枯木，枯木的周围还堆积着许多干草。娲姆你说，天火它能不降临在这个地方吗？"

娲姆说："是啊，如果是这样，这地方不是跟你布设的天火场差不多嘛？"呼说道："是呀，它真像一个小小的天火场哩。"

娲姆问："可是，这地方哪儿来的枯树和干草堆呢？"呼说："是呀。当时我也这么问自己，可是当我用心观察之后就明白了：这里堆积的枯木，原本就是娲姆洞天火场的枯木；这里堆积的干草，是被草原上的风吹到这里来的。它们本来是路过这里而要被风吹到很远的地方去的，却因为有了这一堆枯木而被拦截在这里了。天长日久，就形成了一个柴草堆。"

"刚才你说那里的枯树是属于天火场的，我不明白这是怎么回事。两个地方相隔这么远，难道枯树也会被风吹到草原上去吗？"娲姆问道。呼回答说："娲姆，风吹不动这么沉重的树木，它们是被嫦娆沟的蛮驱赶着披毛犀拖拽到这里来的。我不明白他这么做是要干什么，可实际上他却促成了我们娲姆洞的好事情。"

呼把那天夜里他们看到的事情跟娲姆说了一遍，还说由于他们采取了警示措施，蛮才没有再次光顾天火场。从这堆天火烧剩下的残木来看，它们无疑是蛮拉走的那两株树木。

"当时只见蛮把天火场的树木弄走了，但是不知道他把树木弄到这儿来了！"呼说，"我捧回来的圣火，其实就是一根燃烧的粗树枝。是我把它从火堆里拽出来，它又冒火又冒烟，我擎着它快步奔跑，后来它越烧越短了，最后烧成了一小截黑木头。我怕它烧完了就断了火种，急忙解下腰间的马皮裙，又怕马皮裙被它烧透气，就先在马皮裙里放上沙土，然后包起来往娲姆洞飞跑。苍天保佑，我终于把圣火带回来了！"

娲姆说："孩子，你真的长成男子汉了。你真是一个智慧勇敢的男人！上苍都会喜欢你的。"说罢，她沉吟了半晌才意味深长地轻声道："哎，这个蛮啊，还是那么不懂事理。这叫什么？这叫天意难违哦！"

就在呼与娲姆说话的时候，夜渐渐深了。今夜，娲姆洞里柔软温馨的草铺上无人入眠，大家睡意全无，人人兴奋无比。男女老少都围着火堆坐着或躺着。年轻人则不得休息，他们要轮换照料火堆呢。一开始，他们总是把很多的树枝和草根投放到火堆上，然而你投得多，它就烧得快，一会过后，柴草就烧没了。于是只得再往上投。娲姆和呼不止一遍地叮嘱大家：一定要及时给火堆上面添柴，不然火堆就有熄灭的危险。即使是大家拼上性命，也要保证圣火不熄！娲姆洞的每个人都铭记并执行着这句话。

整整一宵，年轻人都在不停地添木加草，生怕这堆圣火出现什么闪失。天亮了，圣火还好好的没有事儿。年轻人松了一口气。可是他们累坏了，因为整个夜晚不能休息，他们几乎把娲姆洞附近能烧火的树木和干草都拿过来烧掉了。呼不顾身上伤痛，也与大家一起搬柴加柴。

第八章 活的精灵

　　一堆柴草，轻轻舞动火苗；一缕青烟，徐徐任意散飘。若从天空俯视，便可见茫茫暗夜里、寥廓荒原上的这堆微弱火光。它像苍穹上一颗最小的星星，又像一只穿着荧光甲壳的萤火虫。它是人类制造的产品，点亮了人类生命家园的暗夜，照亮了人类坎坷悠远的前进旅程。有了这堆火光，人类漆黑的心灵里便有了光明的灯塔，它引导着人类渐渐淡出了生吞活剥的腥臊世界，而向更高一级的文明社会迈进。其实，今天的人类，就是凭着当初的这么一点星星之火，终于用它温暖和照亮了偌大的地球世界！

　　太阳笑嘻嘻地出现在人疙瘩山顶上，它的耀眼金光一出现，火堆的火光便显得没有夜里那么明亮了。娲姆洞人兴奋了一夜，激动了一夜，至天亮仍意犹未尽。他们都同意并且记着娲姆黎明时说的一句话，那就是：今天是不同于以往任何日子的新的一天！

　　呼把天火请到娲姆洞来了，给娲姆洞人带来的是惊喜和震撼，同时也给他们带来了辛劳和危险。正所谓

"祸兮福之所倚，福兮祸之所伏"。

一夜过去了，娲姆洞人不知在火堆周围喊叫了多少次的"火火火"。其实，准确地说，他们当时发出的声音应该是"呼呼呼"，而并非是"火火火"。为什么呢？因为这圣火是呼从草原上捧回来的，大家为他而欢呼，于是就喊他的名字。还有一个原因是：原始人说话的发音，"火"与"呼"并无明显的差别。既然如此，他们为何不喊"呼呼呼"呢？一举两得呀。

太阳渐渐升高了，人们也渐渐离开了火堆，因为他们觉得火堆旁边确实有点燥热了。吃了一夜的烧肉，他们嘴里香香的，肚里饱饱的，现在唯一的感觉是眼睛发困。这时娲姆对大伙发话了，她说："昨夜大伙都缺觉啦。今天除了找柴的、添火的之外，其余的人都不必劳动去啦。"

这就跟现在我们放假差不多。而谁又是"找柴的、添火的"呢？当然是娲姆洞的青壮年人。这些人体质好，耐疲劳嘛。然而他们现在也发困了。火堆一刻不停地燃烧了一夜，他们一刻不停地忙碌了一夜。忙碌什么？当然是给火堆找木柴、找干草啊。他们不管找来多少，就一下子扔到火堆上。草草找到一根很大的干树枝，他就把它整个搁在火堆上了，不一会儿，树枝就燃起了冲天大火，可是，火势过去后，火光立马就减弱了。于是草草又急忙飞跑到树林里去找柴草。

娲姆洞的所有人都像草草的做法一样。他们不停地抱来柴草，又很快被火烧光。娲姆洞从来没有准备过什么供火烧的木柴和干草。洞壁下倒是铺着厚厚一层干草,可是那是供人们睡觉用的草铺。娲姆洞前面也堆积着一些树干和树枝,但是那是给娲姆洞作屏障和晾晒食物、兽皮用的。这些干草和树木能拿去烧火吗?

能。如果说不能又有办法呢?因为到了第二天中午的时候,娲姆洞的青壮年人,已经把娲姆洞和人疙瘩山附近能找到的树枝、树干、野草等,全部搜寻起来烧光了。呼向娲姆汇报了这个情况。他说:"娲姆,我万万没有料到原来圣火有这么大的胃口!这样下去,我们养不起它的。即使娲姆洞所有的青壮年什么事情也别干,大家都去找木柴,那也再无法满足它的要求。何况,我们还要打猎、捉鱼、采果子呢。不然的话,娲姆洞的人今后吃什么呀。"

娲姆道:"我也正为此担忧呢。大伙有什么好主意吗?"

她连着问了三遍,并未听到有人应答。沉默了片刻,倒是听见石大声喊道:"娲姆,火堆发黑了!"娲姆侧脸瞥了火堆一眼,没有说话。沉寂的片刻又过去了,猩猩又喊道:"娲姆,火堆发灰了!"这时,娲姆轻轻走到火堆跟前蹲下来,她从石手中拿过他用来拨火的木棍,轻轻把火里未燃尽的火炭往一起拢,它们冒着细细的青烟,直往眼眶里钻。呼和猩猩等人也照着娲姆的样子做。好大的一片火灰,很快被他们拢成一小堆了。风一吹,这堆底火又闪放出红色的光亮。

娲姆知道,这一小堆底火就是圣火的魂。如果不及时给它供养草木的话,那么圣火的魂就会很快飘走的!于是她对呼说:"你们把娲姆洞前的树木拖过来吧。"猩猩说:"娲姆,那是娲姆洞的遮拦,烧了它野兽黑夜会来袭击我们的。"呼说:"先把火堆救活,再说防备野兽。"说完,他就去把一棵树拖起来了。猩猩等人看到娲姆不说话,也急忙帮着呼去拖树木。

娲姆说:"你们几个人把这树枝折下来,折成一小截一小截的。粗枝和树干难以折断,就用石刀砍断、石块砸断。弄好了暂时堆在我身后,任何人不要随意往火堆上添柴加草。"大伙答应着,立刻就去照娲姆说的做。这时姝娜走过来了,娲姆喊叫她说:"姝娜,你到草铺上弄些干草抱过来。"姝娜二话不说,很快就把自己平时睡的草铺上的干草全部拢到一块抱过来了。

只见娲姆双腿跪在那一小堆底火跟前的草木灰里,用手抓过一把干草放在火炭上,微风一吹,先冒烟后起火,火苗又跳荡起来了。娲姆又往火上加了一把草,然后把呼他们折断的树枝取过来两三截,轻轻放在有火苗的地方,树枝也着起了火。等到这几截树枝快烧完了,娲姆才给火堆添加几截新的木柴。

呼、石和猩猩几个人看到娲姆这样做法,立刻茅塞顿开。呼说:"娲姆,怪不得人们都说你是智慧的化身呢!如此一来,我们就不用很多柴草啦!"

这时,两个妇女把刚刚剥去皮的野羊抬过来说:"可是,这么小的火,能把野羊烧熟吗?"

娲姆听了,想了想,就取过一些粗壮的木柴架到火堆上。不一会儿,木柴噼啪燃烧,烈焰熊熊而起。娲姆吩咐他们趁着大火赶快烧肉。接着,娲姆不停地往火堆上添加木柴,以保持火势不减。羊肉烤好了,木柴却只用了一小堆。

娲姆对众人说:"我昨天在火堆旁仔细观察了一夜、琢磨了一夜,我在心里跟圣火交流、对话。它把它的神秘一点一点展示给我、告诉给我,让我知道了圣火原来是上苍的精灵,它是活的精灵。它能给娲姆洞带来无限福祉,也需要娲姆洞人悉心呵护、精心照料。所以,我们必须尽心尽力,用最大的智慧和力量把它伺候好。"

接着,娲姆跟大家商讨了一会,共同确定了几条规定:一是由石领头,带领3至4人,近几天每天都到树林和草原去搜寻能烧火的草木,如果需要的话,就去天火场里把堆积在那里的树木搬回来以供使用。天火场虽然远一点,但树木是现成的。二是白昼由不能从事狩猎和采集的老弱病残人员负责照料火堆,添加柴火的人必须精明细心,掌握住所用草木的数量。烧烤肉食的时候就多加柴火,不烧烤肉食的时候就少加柴火。夜间则由青壮年男人轮流照料火堆。不管轮到哪个人,都要通宵达旦地守候在火堆跟前,不能打瞌睡也不能离开。不管是白昼还是夜间,值班的人都必须万万当心,不能让圣火灭掉。三是娲姆洞的每个人平时都要把圣火当作苍天的精灵来敬奉,仔细观察了解它的脾气性格。无论是谁,如果发现了大家都还不知道的情况,就要立即向娲姆报告,也可以说给娲姆洞的任何人。

娲姆洞的全体人员都明白了这些规定是什么意思。于是从第二天下午开始,娲姆洞前的这堆圣火,就要比前一天融入更多的文明元素了——它开始在人的智能控制下发光发热。

第八章 活的精灵

星移斗转，昼夜交替，莽原上的时光不紧不慢地向前推进。每到夜晚，娲姆洞的前面就显现出闪亮的火光。人们借着火光加工自己采摘来的植物果实和挖掘的植物根茎，宰杀猎获的各种动物。火光延长了人们的劳动时间，使人们得以"夜以继日"，这实际上就是延长了人们的寿命——娲姆洞人可以在一个昼夜的单元里从事更多的劳动生产，享受更多的生活内容了。

火的到来也改变了人们的许多生活习性。自从圣火来到之后，娲姆就一天也没睡过囫囵觉。火给她增加了沉重的心理负担。每天白昼，娲姆不管在不在娲姆洞，她都无时无刻不在挂念着这堆火。每天夜里，娲姆都要坐到火堆旁边，跟人们交流对火的新认识新发现。这渐渐成了她和其他娲姆人的一个生活习惯。大家互相分享自己的体会，丰富自己关于火的知识，觉得这个上苍的精灵跟自己走得越来越近、处得越来越亲了。

秋天来临了。草木黄落，秋风萧瑟。秋天正是人们采集的最佳季节，机不可失，失不再来，因为娲姆洞人在冬春两季所吃的大部分食物，此时节都要进行储备，否则就会忍饥挨饿甚至会被饿死。娲姆洞人迎来了最忙的收获季。娲姆也跟妇女一起出外采集，常常是早出晚归，满载而回。

这一天傍晚，娲姆和一群妇女背着采集物刚刚回到娲姆洞，姝娜就满脸喜悦地对她说："娲姆，今天我又有新发现啦！"娲姆问："你发现了什么？"姝娜说："娲姆，鱼，饮马湖的鱼也能用火烧着吃呢！"

"把树枝插进鱼的嘴里放在火上烧，一会就烧熟了。

第八章 活的精灵

特别特别好吃呢!"一位跟姝娜一块去湖边捉鱼的妇女也说道:"娲姆你瞧,我们已经把今天捉来的鱼全部烤熟了,有这么多呢。等一会大伙分开吃吧!"

娲姆看了看那些烤熟的鱼,她嗅到了扑鼻的香气。娲姆高兴地说:"水里的动物也能烤着吃,咱们以前怎么就想不到呢!哈哈哈,前两天呼他们捉了不少的鱼,大伙都还是把它们生着吃了呢。"

呼听了娲姆的话就说道:"以前我们只在树林里见过被天火烧死的四条腿的动物和有翅膀的鸟类,却没有见过被烧死的鱼。因此我们总认为只有兔子、小鹿和野羊等才能烧着吃,而鱼不可以烧着吃呢。"

"因为鱼藏在水中,天火烧不着它呀!"一位老者幽默地说道。"是呀,是呀,鱼跑不到树林里啊!"人们说着笑着,庆贺他们又有了一项用火的新发明。

又过了几天,娲姆劳动回来之后,就有一位老者捧着一个石碗递给娲姆说:"娲姆,水,火,烫得,像太阳晒的一样!"他语句不连贯,表达也不清楚,娲姆一时还明白不了他的意思,于是就伸手接过老者手中的石碗。说是石碗,其实是一块中间有个凹坑的石头块,这本来是自然形成的一块普通石头,却被娲姆洞人的前辈慧眼识珠似的发现了。当时这块石头上的石窝里积满了清澈的雨水。他们先喝掉了甜丝丝的雨水,又如获至宝地抱回了这个能盛水的石头,并把它当成娲姆洞的最贵重的财产之一代代相传。他们几代人都使用它从湖边盛水或下雨的时候用它接纳雨水。

娲姆捧住石碗的一刹那,眼睛立刻放出了光彩!为什么？因为她的手感到了一种奇特的温度——是灼热得几乎让人无法忍受的温度。说实话，由于之前娲姆没有任何思想准备，因此乍一接触到这么高温度的物件，就受到了一种惊吓，两只手本能地往回抽缩了一下，差点把这个沉重而珍贵的传家宝掉到地上！幸亏娲姆反应比较快，她立即意识到无论如何也不能让它落到地上，所以两手赶紧把石碗捧住了。

这时那老者才十分清楚地说道："娲姆，这是我在火堆旁边烤热的水啊！火，它能把冰冷的湖水烧热。如果烧得时间长了，水还能翻滚儿冒泡腾白气呢，手根本不敢摸这样的滚水！"

娲姆捧着灼热的石碗半晌也没有说话，人们听到了她咚咚的心跳之音，知道娲姆此时非常激动。

而此时猩猩手里高举着一根树枝做成的木棍走过来说："娲姆，我也发现一个秘密！你看这根木棍。"大伙看了看，都很奇怪，因为这根木棍与平时猎手们用来狩猎的木棍没什么两样呀。

猩猩急了，手指着木棍的一端嚷嚷道："哎呀，你们还看不出来吗？木棍的这一头被火烧过啦！"石拿过木棍瞧了瞧说："没错，大伙都看到它被火烧过啦。可是烧过又怎样呢，无非是发黑而已。"

猩猩说："仅仅是发黑吗？难道你没看出来它变得又尖又圆吗？"石说："是又尖又圆的。可是我们没有被火烧过的棍子，也在石头上磨得又尖又圆呀。"

猩猩说："娲姆，他们都不懂我的意思！你看我这根棍子，本来是我上到大树上折下的一根活树枝，昨天夜里我用它拢火堆，没想到这一头被火烧着了。我把火苗弄灭之后，发现它尖圆尖圆，很锐利，比我们用石板磨出来的尖头更好看，因此今天我出去打猎时就把它带上了。嘿，谁知它非常厉害！我们围猎一头野猪时，我对准野猪使劲一戳，竟然把棍子戳进野猪的后臀里去了。野猪皮囊很厚，以前我们用的木棍，从来扎不进它的皮肉。原来这被火烧过的棍尖，像石刀一般又硬又锋利呢！"

娲姆和娲姆洞的男人们都仔细看了一下猩猩的木棍。呼说："真的很硬很尖锐。我们应该把自己用的棍子也在火堆上烧一烧，这样就好用了。"

正在人们观摩和谈论猩猩的木棍的时候，一位老妇女两手掬着一把类似山杏核的果核来到娲姆跟前说："娲姆啊，你以前也吃过这种果核，它的果仁香甜香甜的，可就是外面这层硬壳不好办，牙齿很难咬开它，非得使石头砸碎不可。我今天下午抓了一些放在火堆边上烤，你猜怎么着？嘿，经火这么一烤啊，它们个个都咧开了嘴儿，手指轻轻一掰就掰开了。现在，咱们要吃它就容易多啦。不光这样，而且我发现烤过的果仁更香更脆，好吃极了！"

娲姆让每个人都取一粒果核尝尝，她自己也尝了一粒。一股香味儿从大伙的嘴里飘了出来，人们赞不绝口，都说以后就知道如何吃果核了。

"娲姆，既然你们尝了她烤的果核，现在也尝尝我烧的好吃的吧！"又有一位老妇女把她的手伸到大伙面前。只见她手里捧着一疙瘩黑色的东西，上面还沾着草木灰。

娲姆问："这是什么吃的呀?"那婆婆笑着说："你猜嘛。"娲姆说："像是兔子肉，可是又不像。我猜不着哇。请大伙猜猜看。"

于是大家七嘴八舌议论开了。有人说是这，有人说是那。姝娜听了抿着嘴笑。娲姆问她道："姝娜，你猜中了吗?"姝娜说："它不是这也不是那，而是我们从湖边的泥地里挖出来的草根疙瘩。我们都曾吃过它，生吃它是脆甜脆甜的。可是这位婆婆把它埋在火灰里一烧呢，味道就改变了。现在吃起来又甜又香又面。娲姆和大伙尝尝吧，肯定很好吃的。"

人们互相谦让着，都拿了草根疙瘩去品尝，每个人都染了一个大黑嘴巴，但是没有人说不好吃。

娲姆也吃了一个黑嘴巴。人们你看着我笑，我看着你笑。以前他们茹毛饮血，生吃野菜和各种野果、浆果，嘴巴经常是被染成各种各样的颜色，大家司空见惯，谁也不觉得好奇，而今天染了黑嘴巴，却觉得很有趣可笑。毕竟，他们是第一次瞧见黑嘴巴啊……

入夜，人们大都在娲姆洞的草铺上睡熟了，只有娲姆和几个今晚负责照料火堆的男子还坐在火堆旁边。男子们都是上午出外狩猎，到傍晚以前才归来的。狩猎活动紧张而危险，劳动强度很大，一天下来，他们都很疲惫。但是自从引来天火之后，他们除了参加正常的狩猎活动，还要轮流值夜照料火堆。娲姆每天也和妇女们一块出外采集，但晚饭以后，她都要陪伴值夜的人熬到半夜以后才去休息。她比所有的人都辛苦。

现在,她坐在火堆旁,看着男子们把一根根木柴有节奏地添加到火堆上。火堆不大,被他们用烧火棍拢得圆圆的。经过这一段时间的实际摸索,娲姆洞人对火的认知丰富多了,也科学多了。可以说,他们已初步掌握了管理和应用火堆的最基本的办法。娲姆眯着眼睛,盯着火堆上飘飘忽忽的火焰,它有时是红色的,有时是蓝色的,婀娜多姿,美艳无比,就像一个曼妙的女孩在跳舞。火,真是一个精灵啊!

娲姆赞叹着。她的眼皮慢慢粘在了一起,她太劳累了。忽然,娲姆看到他的哥哥走过来了,紧接着,果果和两个年轻男子也走过来了。他们笑嘻嘻地坐在了火堆旁边,一边烤火,一边吃着熟肉块,还捧起热气腾腾的石碗来喝水。唉,去年冬天非常寒冷,他的哥哥终因吃不下去生硬的象肉和喝不了冰冷的湖水得病而死。可怜的果果也是因为食用那些又脏又臭的腐肉才拉肚子而死的。哦,还有这两位年轻人,他们并非是掉在冰湖里被淹死的,而是躺在娲姆洞里被活活冻死的,死尸冻得像雪地的石头……如果当时有这样的火堆和这样的热水,有这样熟烂的肉块可吃,这些宝贵的生命又怎么会轻而易举地丧失掉呢?

此时午夜已过,是第二天的凌晨了。娲姆在火堆旁边进入了她的梦乡。火堆旁的值班人听见了娲姆轻微的鼾声和呓语,为了不惊扰娲姆,他们只在火堆旁留下一人照料火堆,其余两个人便坐在距离火堆二三十步的地方轻声交谈。

就在此时,突然从黑暗中窜出几个人影,每人手里都提着一根木棍,他们不声不响地向火堆飞奔而来。眨眼之间,他们已经扑到火堆跟前。那个留在火堆跟前照料火堆的男子名叫齿齿。齿齿听见了身后急促的脚步声,刚想回头看,就被窜过来的一个黑影用木棍顶住脊背捅倒在地。当他一骨碌从地上爬起来的时候,他面前的火堆早被其他3个黑影用木棍扒拉开了,他们一边扒拉火堆,还一边用木棍拍打燃烧的木柴。这堆燃烧的圣火顷刻之间变成了一片闪闪发光的星星之火,那飘扬摆动的火苗顿时消失了!

这突如其来的事情就发生在眼前,却让人猝不及防——那两名坐在火堆不远处的男子目睹了这一切,他们似乎是眼睁睁地看着这几个黑影把一堆圣火给毁了!当他们明白这是有人在恶意袭击时,那些黑影早都悄无声息地返回暗夜中去了。

娲姆洞的三名男子大声呼喊起来。呼第一个从娲姆洞里冲了出来跑到娲姆跟前,接着所有的男子都冲过来了,有人提着木棍向黑暗中追去。娲姆此时也惊醒了。她瞬间明白了发生了什么事情,于是依旧坐在那里大声说:"不要惊慌,不要去追人,抢救火要紧。呼,你们快把这地上的炭火收拾到一起。猩猩,快取些干草过来!"她话音刚落,就听姝娜喊道:"娲姆,我把铺上的干草拿来啦!"

此时娲姆站起身说道:"其他的人让开,姝娜,快把干草递给呼!"这时候呼他们早把散落在地的底火集中起来了,可怜只有那么一手捧。它们在暗夜里熠熠闪光,有的闪了几下就熄灭了,因为它们已经燃烧殆尽了。

呼迅速把绵软的干草放在火炭上,用双手围成圈护住火炭,并用嘴轻轻地朝火炭吹气——这是他的一个发明。他从风吹火旺这一现象得到启发,学会了用嘴吹火。呼吹了几口气,软草就慢慢被火炭烧着了。呼接着给它添了些细小的树枝,火苗呼呼烧起来了。

所有在场的人都长吁了一口气,一颗吊在嗓子眼上的心才放到了肚子里。娲姆问齿齿说:"你们可看清楚这些人的面目了吗?"齿齿等人答道:"我们其实都眼睁睁地看着他们呢。可是他们来得快走得也快,没看清他们的面目,只记住他们有4个人。"

娲姆又问:"这是些什么人呢?他们为何要在半夜三更毁咱们的圣火?"齿齿说:"对了娲姆,我看见他们都披着狐狸皮呢。"

"那么他们应该是娥姬岭的人,因为娥姬岭的猎人们秋冬时节出外狩猎都披狐狸皮,这是他们群落的标记。就跟嫦娆沟的人披野羊皮、咱们娲姆洞的人披鹿皮一样。"呼说道。

"娥姬岭的人坏!娥姬岭的人坏!"人群中一些人愤怒地骂起来。娲姆说:"娥姬是我的亲妹妹,而且她素来和善,跟咱们娲姆洞很亲近。如果说是娥姬的人我觉得有些说不通啊。"

呼也说:"是啊。我也认为娥姬岭的人不可能冒这么大的风险来干这种事儿。"娲姆看了看呼,又看了看娲姆洞的人,若有所思地沉吟了一下说道:"这事情想来十分蹊跷。但是不管有什么原因,我们都会慢慢弄清楚的。我希望大伙在事情弄清楚之前,不要对外面的人说出这件事情。如果有人打听的话,一律都说不知道。请大伙切记。"

人们异口同声地应道:"放心娲姆,首领的话我们记住啦。"

天色发亮了,虽然遭此一劫,但娲姆洞的圣火有惊无险,它又生气勃勃地燃烧起来了。娲姆洞的劳动生产和日常生活仍像往日一样有条不紊地进行着。然而娲姆心里却不能像往常一样平静。她虽然要求娲姆洞的人不要向外面群落的人披露这件事情,但是她在绞尽脑汁地琢磨这件事情呢。自从她接任首领以来,娲姆洞只发生过夜间被野兽攻击的事儿,却从没有发生过被人类袭击的情况。这实际上是一个危险的信号:说明有人对娲姆洞怀恨在心,而且采取不友好的行动了。往最坏处想的话,这事态如果发展下去,很可能会演化成为娲姆洞与对方的械斗,不管谁输谁赢,都会给娲姆洞带来巨大的损害。

"谁会这么干呢?"娲姆再次问自己。娥姬是绝对不会派人来干这种事的。那又会是谁?是嫦娆沟的人吗?反正这个莽原上除了娥姬岭就只有嫦娆沟了。嫦娆沟的人为什么要毁掉圣火呢?娲姆百思而不得其解。

其实,这时候娲姆弄不明白是很正常的。因为这件事正像她所说的那样:"背后肯定隐藏着不为我们所知的原因。"这个"不为我们所知的原因"是什么原因呢?

这就要从蛮掳走姝娜的那件事情说起了。那天蛮好不容易把姝娜背到了嫦娆沟的入口处,没想到打死的小鹿又跑掉了——呼他们又从他的手里夺走了姝娜。抢来人家的宝贝又被人家抢回去了，这对蛮来说也不算太想不通的事情。然而有一件事情让蛮咬牙切齿、终生记恨。哪一件事情呢？这就是呼他们毁掉了他的一件宝物！他的什么宝物？他的眼珠。就在呼把蛮踹倒在地上、他与猩猩和姝娜等人转身返回娲姆洞的时候，那不甘心失败的蛮又从地上爬起身，像一头狂怒的犀牛似的向他们冲过来。说时迟那时快，呼他们听见背后有声音就本能地转过身来，而姝娜也本能地将提在手中的木棍向前一抬。她这一抬不要紧，却正好戳住了蛮的左眼珠子。蛮是飞奔而至的，木棍是慌乱中举起的，而两者相遇，只有眼珠子吃亏。实际上，呼他们几人包括姝娜，当时谁也没有看清楚这个在千分之一秒内发生的情况。眼睛中了木棍，蛮就捂住脸面趴在地上不再追了。呼他们迅速离去，又怎知蛮的左眼珠此刻已经慢慢地淌出了鲜血和黏液呢？

这事情他真是做得亏本了。蛮咬牙切齿，满腔愤恨，但是回到嫦娆沟又不敢对嫦娆说出实情，而编了一套瞎话来糊弄他母亲。他说他回来之前在草原上捕猎了一只小麋鹿，正背着它返回嫦娆沟的时候，却被一只很大的剑齿虎追上了。剑齿虎跳过来抢夺他的猎物，他跟剑齿虎搏斗，被这猛虎用剑齿扎伤了眼睛。在这种情况下，他才不得不放弃猎物逃回来了。

嫦娆知道自己亲生的这个儿子虽然人高马大体格雄壮，却不像他自己说得那么勇敢和能干。他平时游手好闲，除了贪玩耍、找女人之外，什么打猎啊、采集啊、宰杀猎物啊等，他一概不会参与，好像劳动生产就跟他

第八章 活的精灵

没有任何关系似的。然而他的食量大得惊人，一顿能吃下去半只野羊，或者是两只兔子。他的生命全靠嫦娆沟的全体人员供养着。即使这样，蛮还经常对这些终年劳作供养他吃喝的同群人耍蛮横。人们对他稍有怠慢，便会遭到打骂。有时候谁也没怠慢他、得罪他，但是他看着谁不顺眼也是轻则言语施暴，重则手脚施暴。人们看在她母亲是首领的分上，都忍气吞声地了了事。而他却不知悔改，反而得寸进尺，越发蛮不讲理，甚至胡作非为。

可是蛮外貌粗野，内心却不乏狡黠。他平时在群落里说一些横话、做一些恶事，大都是背着嫦娆干的。嫦娆若在现场的话，蛮一般表现得还说得过去。他知道得罪谁也不能得罪嫦娆，她既是母亲又是首领，是自己的保护伞，也是自己得以横行霸道的最大资本。

嫦娆对蛮今天编的这套瞎话起初根本不信，但是看到他满脸鲜血和那流淌血浆的眼睛之后，就又半信半疑了。她吩咐一位懂得草药的老者给蛮敷药草治眼睛，并嘱咐蛮好好躺下来休息。这件事就这么被狡猾的蛮搪塞过去了。蛮眼睛虽然剧烈疼痛，心里却为自己成功地掩盖了事实真相而庆幸。

然而蛮过了十几天之后才知道：他这只又明又大的左眼是再也看不见东西了。懂草药的老者告诉他：这只眼已经瞎了。蛮把牙齿咬得咯咯作响，拳头攥得像石头。他默默在心里说：呼啊呼，你等着吧，有朝一日蛮要咬断你的手指和脚趾，让你一辈子再也上不去大树；姝娜啊姝娜，你也等着吧，蛮见了你还要抢你回来跟我睡草地，若抢不到手，我就戳瞎你的两只眼睛，让你再也别想看见呼的样貌……

不要说蛮被姝娜无意中戳瞎眼睛的事情娲姆无从知道，即使是当事人呼和姝娜他们都不知道。娲姆压根儿就不知道这件事儿，因为呼、猩猩、草草和姝娜，谁也没跟她说过这件事儿。为什么？因为他们觉得事情已经过去了，姝娜安然无恙，再说，这种惹人心烦的事给首领汇报又有什么意思呢？

如果说，娲姆不知这件事情是因为呼他们认为不值当向她汇报的话，那么蛮在嫦娆沟里想伺机报仇的事，蛮就更不会让她知道了。娲姆是智慧的首领，对于如何处理娲姆洞内外的大事小事都毫不含糊。但她对一件她丝毫也不知情，而且尚在猛烈发酵中的事儿，她就无能为力了。

蛮的左眼长住了，长好了，但是它成了一个黑窟窿。他只好到草原上找来一种白亮的小鸟蛋，塞在眼窝里充当眼珠。因为常受他的欺压，人们都幸灾乐祸。有的人私下里叫蛮是"鸟窝"。有一回被蛮听到了，他指着那人说："谁是鸟窝？"没想到他发怒时左眼窝用了劲儿，把白光光的一个鸟蛋咔嚓一声挤破了，蛋黄和蛋清流了他一脸。在场的人都大声笑了。他羞愧满面，气急败坏地把叫他鸟窝的人揍了一顿。

挨他揍的人笑嘻嘻地跑开了，而揍人的人似乎仍怒气冲冲。其实，他并非为人家叫他鸟窝而动气，而是对弄瞎他眼睛的姝娜和呼感到愤慨。人们又听到了蛮咬牙切齿的声音，于是纷纷四散走开，以免蛮的怒气发泄，挨骂挨打。

然而蛮懂得冤有头债有主的道理，他并没有去追打戏弄他的人，而是忙着在肚子里思谋他的报仇方法。想来想去也想不出好的主意。日子一天天过去了，他常常急得抓耳挠腮，把头顶上的一大片头发都薅光了，但是似乎苍天总不给他提供便利。

这一天，嫦娆沟里来了一个人，这个人的到来，让蛮眼前一亮，心中一乐，他觉得他终于找到了报仇的机会。这个人是谁？他是娥姬的小儿子，名叫飞。他来干什么？受娥姬的派遣，来送信联络。

嫦娆、娥姬和娲姆都由婀婷一母所生，是亲姐亲妹。嫦娆为老大，娲姆为老二，娥姬排行第三。姐妹三个，分别统领三个群落，她们平时各忙各的，但每遇大事必联络。这似乎成了他们之间的"约定"。前些天，娥姬部落的几个女人采集回来后，给娥姬岭带回一条惊人的消息。她们向首领娥姬报告说，娲姆洞人得到了上苍赐给的一种圣火。这圣火本是上苍养育的精灵，它会迎风跳舞，也会喷云吐烟。白昼时它闪射白光，夜晚时它闪射红光。它的光芒像太阳的光芒一样耀眼绚丽，却比太阳光还要热，它能把生冷腥臊、难嚼难咽的兽肉烤热烤熟，烤得又软又香又好嚼。圣火还能烤熟坚硬的果核和草根疙瘩，还能烧热冰凉的水。圣火神奇无比，无所不能……

娥姬听了这消息非常惊诧，一开始她根本不相信这是真的。她问那几个妇女说："圣火的事情你们是怎么知道的？"妇女说："我们认识娲姆洞的女人，今天前晌我们去树林里捡果核的时候与她们相遇了。于是我们就在一起说说话。这些事情全是她们告诉我们的。"

"人间竟然有这种事情？天赐的圣火，这圣火她们是如何得到的？"妇女们说："据说是一个名字叫呼的男子在草原上引回来的。那天响雷闪电时，上苍把一小块太阳光抛到地上来了，于是草木丛中就燃起了圣火。"

娥姬还是不大相信。一个老妇女此时递给娥姬几粒果核，说这是娲姆洞妇女给她的用圣火烤过的果核，它的外皮很容易就能咬碎，而且，果仁吃起来比生吃的要香得多。娥姬捡起一粒果核放在嘴里轻轻一咬，果核的硬壳便碎了。她吐掉碎壳咀嚼果仁，一股香味立刻从她口里散发出来……

第九章　姝娜奔东

毋庸置疑，历史悠久的中华文明为人类发展贡献过卓越的智慧，这些智慧引领着世界航帆乘风破浪。中国有一个关于人类用火的古老传说，说的是有个叫燧人氏的先贤经过苦心琢磨，他发明了"钻木取火"的方法，用这种方法人们可以凭借自身之力"无中生有"地取到火种。这个传说是中国古人发明并应用取火之术的写照。无独有偶，欧洲古文明中也有一个关于人类取火的传说，说的是有个名叫普罗米修斯的人从天上偷来了火种传给人间。实际上，西侯度先民开始用火的年代，还要比这两则古代故事的出炉时间要早得多呢。

娥姬一边仔细嚼着果仁，一边轻轻地点着头说："嗯，真是的，喷香喷香，我从来没有吃过这么美妙的东西呢！"话刚说到这里，就看见自己最小的儿子飞和几位娥姬岭的猎人们打猎归来了。飞来不及卸下身上背着的猎物就匆匆走到娥姬跟前说："妈妈，你在吃什么东西呀？这么好闻的味道！"

娥姬说："你们回来了？都累了吧？赶快歇息歇

息。"接着她又说："我在咀嚼娲姆洞人用圣火烤熟的果核呢。非常好吃。"飞很惊讶地问道："娥姬，你也知道娲姆洞圣火的事了吗？我们正要向你报告呢！"

娥姬脸上又现出一脸惊奇说："圣火？飞，那你赶快说吧！"

飞眉飞色舞地说："娥姬，既然你们已经吃到了圣火烤熟的果核，想必也知道圣火的一些事了。然而我报告的这些情况，你们还未必知道哩。"周围的人都催促他说："飞，你快给我们说圣火吧！"

"好吧！"飞说道，"我们今天打猎时与娲姆洞的人碰面了，攀谈得很热火。他们都是我们的好朋友，经常帮我们的忙。于是我们宰杀了一只刚刚猎获的野兔，把兔肉送给他们吃。谁知他们摇摇头说：现在娲姆洞人已经不这样吃兔肉了。我们问怎么吃呀？他们说我们把兔肉用圣火烧熟了再吃，腥臊全无，其香无比，要比生吃好吃得多呢！我们问圣火是什么？他们说是上天的精灵。现在，娲姆洞人把这精灵养活在娲姆洞前面，不分昼夜都有人小心翼翼地伺候着它。他们还给我们讲了不少圣火的故事呢。我们听了都觉得太神奇了，简直不可相信！"

"太神奇了太神奇了，简直不可相信！"听罢飞的述说，在场的人都议论道。"虽然不可相信，但还必须相信。"飞认真地说，"我相信娲姆洞人真的取来了圣火。据他们说，圣火取到娲姆洞已经好些日子了，他们食用生火烧熟的食物也好些日子了。他们说，正因为这个原因，娲姆洞人现在很少害病了，身体也显得强壮有力了。我们跟他们比试了一下力气，果然如此！"

"娲姆洞人得到了这么神妙的圣物，却为何不告诉我们呢？"娥姬有些不悦地说道。飞说："娥姬，我听娲姆洞的朋友说，他们取来圣火之后，对它还是一无所知的。不懂得它的脾性，不知道如何伺候它。有好多回都差点把圣火弄灭了。而且，伺候一堆圣火不是很容易的事儿，它昼夜不停地燃烧，需要消耗很多的草木，这就需要很多人为它拾柴火。它一时一刻也离不开人们的照料，所以很费大家的精力。直到现在，娲姆洞的人对圣火还是又敬又怕呢！"

娥姬问道："难道万能的圣火还让人害怕吗？"飞说："我听他们讲了一些故事，他们对圣火确实是抱着又敬又畏的心情。他们告诉我：圣火有天一样大、太阳一样神奇的好处，但是也有猛兽一样的可怕之处。比如，人如果离火堆近了，那风一吹，火苗就会刺啦一下把头发、睫毛或手毛、体毛全部燎光了，它能把兽肉烤熟，也能把活人的皮肤烧伤，烧得又红又肿，十分疼痛。起先，他们摸不着圣火的脾性，可有不少人因此吃了亏，不少人腰间的兔皮裙都被烧着了。有几个人的头发被燎去了一大片，到现在还没长出来呢。"

听飞这么一说，娥姬岭的人纷纷说道："是呀，这真是有点可怕。"飞接着说："听他们说，这还不算什么呢。最可怕的是它能把娲姆洞里的草铺也点燃，把他们睡觉的草铺变成一片火海！"

娥姬问："飞，这事发生过吗？"飞说："当然发生过。据说就在前些天，人们都出外劳动去了，娲姆洞只留下一些老人和小孩照料圣火。有两个小孩拿着着火的树枝在火堆旁追逐嬉戏,大人们稍不留意,他们就跑到娲姆洞里去了。他们手中带火的树枝把草铺点着了,直烧得大火冲天,烟雾像云彩一样,把太阳都遮住了!幸亏两个孩子跑得快,才没被烟火烧熟;也幸亏娲姆洞囤积的食物离草铺还有十几步距离,不然的话,他们储备的过冬食物就全部化作火灰了!"

听了这些话,娥姬慢慢点了点头说道:"我说娲姆得到了圣火却还不告诉我们,原来是有原因的——善良贤惠的姐姐是不好意思把自己尚未了解和掌握的东西给别人炫耀吧。她从小就这样。"飞和在场的人们都说道:"娥姬说得对,很可能就是这样的。"

娥姬问道:"嫦娆沟知道不知道圣火的事呢?"飞说:"不清楚。"娥姬吩咐他道:"飞,我们姐妹三个亲如手足,先前就约定过不管谁的群落有了大喜事,大家都要去庆贺的。娲姆洞取来圣火既是娲姆洞的大喜事,也是娥姬岭和嫦娆沟的大喜事。这样吧,你抽空去一下嫦娆沟,与我大姐嫦娆沟通一下,让她确定个时间,咱们两家一起到娲姆洞去庆贺。既然二姐娲姆不好意思告诉我们,我们却没有知道了而不去的道理!"

正因为娥姬给飞交代了这个任务,所以,飞今天就肩负使命到嫦娆沟里来了。一见到妹妹的小儿子飞来了,嫦娆便预感到娥姬岭肯定有比较重大的事务要跟嫦娆沟通报了。于是互相寒暄和问候之后嫦娆就问道:"飞,娥姬有什么大事告诉我吗?"

飞说:"嫦娆,不知你知道娲姆洞圣火的事情吗?"

娲姆洞的天火
——西侯度原始先民取火记

嫦娥说："什么是圣火？要它有何用？"

飞一听这话，就明白嫦娥沟的人还什么也不知道呢。于是就把娲姆洞的呼如何在雷电交加之时取来天火的经过，以及这些天来娲姆洞人如何管理和使用圣火的情况，一五一十跟嫦娥说了。听得嫦娥是又惊又喜又好奇，唏嘘连连，赞不绝口。她还兴致勃勃地提了好多问题，飞都尽自己所知，一一作答。

嫦娥不愧为有远见卓识的首领，她说："我虽然还没亲眼看到过这堆圣火，可是我认为：我们人类的光明时代就要开始了——我们黑暗的夜晚已经被这圣火照亮了，所有人的心灵，也要被这圣火照亮哩！"

嫦娥问飞道："娥姬让你来我们这儿的意思，是不是想约我一起到娲姆洞庆贺啊？"飞说："是的。母亲的意思，是请你定个日子，咱们两家一起前往。"

嫦娥非常痛快地说："好吧，你回去告诉娥姬：日子定在十天以后吧。那天天日升起的时候一起动身。咱们两家到娲姆洞的距离差不多，很可能会一起到达的。"

其实，飞来到嫦娥岭的时候就被蛮瞅见了。别看他现在只有一只眼，而且生性蛮横，可是他是个处处留心的人。他和飞本是表兄弟，两人也熟识，按说蛮应该热情迎接飞才对。可是蛮害怕飞看到他瞎掉的左眼，又问起他的伤心事，因此就没有露面。但是飞跟嫦娥的对话，蛮每一个字都听见了。当时嫦娥岭的人都在十分稀奇地听飞讲圣火故事，谁也没有留意蛮在哪里。

嫦娥岭的人听了圣火故事，又听嫦娥说要亲自前往娲姆洞庆贺，大家都十分高兴，并期待着嫦娥能给他们带回来更好听的圣火故事。然而蛮此时恨得咬牙切齿。他相信圣火肯定会给娲姆洞人带来天大的好处,至少,会让娲姆洞人的生活更幸福、身体更加健康。

"有了这圣火,呼和姝娜的日子肯定会更加甜蜜的,他们一定会笑得更开心!"蛮愤愤不平地自语道,"哼,我要想办法让他们不得好过!"

蛮似乎看到了呼和姝娜吃饱了香喷喷的烧肉,然后他们跑到树林里睡在草地上。他摸了摸自己黑洞洞的左眼,又把牙齿咬得咯咯响。忽然,他想到了一个报仇雪恨的好办法。他嘿嘿嘿笑了。

傍晚时分,蛮避过嫦娆和一些年长者的眼睛,借口要去山丘顶上看晚霞,约了几个平时跟他关系好、听他话的男子,几人到了无人之处后,蛮便将自己的想法说了出来。

一男子问他道:"圣火是天赐的圣物,我们为何要去把它毁灭呢?"另一男子也说:"是呀,娲姆跟嫦娆是亲姊妹,娲姆洞和嫦娆沟素来很要好。我们怎么好意思做这样的损事呢?"

蛮听了指着自己的左眼发怒道:"以前,多么明亮的一只眼睛啊,你们知道它是怎么变成黑窟窿的吗?哼,根本不是什么被剑齿虎戳瞎的!那是我编的谎话。其实,它是被娲姆最宠爱的儿子呼——也就是那个取圣火的人用木棍扎瞎的!我怕嫦娆知道实情后会勃然大怒跟娲姆撕破脸面、断绝关系,才对所有的人隐瞒了真相呀。难道,哥们都不愿意为我出这口恶气吗?"

那几个男子问:"你说的是真话吗?"蛮从地上蹦起

来咆哮着说："我如果对你们说假话，就叫圣火把我烧死！"说罢，竟然捂着脸面哭号起来。

几位男子终于被蛮蒙蔽住了。他们说："行了蛮，我们替你出气！你就说什么时候咱们去吧？"蛮说："就像你们在草原上看到小鹿要立即去追猎一样，咱们不要放过时机——今夜就去娲姆洞！不过，听说圣火十分光明，能把黑夜照亮。因此，咱们去的时候都必须披上狐狸皮。这样，一旦被娲姆洞人看见了，还以为是娥姬岭的人呢！"

狡黠的蛮还叮咛这几个人：此事决不能让嫦娆沟的其他人知道。就在嫦娆沟的人都吃饱喝足进入梦乡的时候，蛮和4条黑影披着狐狸皮悄无声息地出发了。他们迅速向娲姆洞窜去，午夜时分便到达了人疙瘩山下。蛮对这儿的地形很熟悉，因为他曾经在夜间来过这里，并且学着鸵鸟的叫声把姝娜唤了出来。然而，她拒绝跟他去睡草地，那次让蛮悻悻而归。想到这些，蛮肚子里的气更大了一些。他们借着乔木和灌木的掩护靠近了娲姆洞，靠近了那堆燃烧着的圣火。蛮看到一个女人在火堆不远处打瞌睡，还有一个人在火堆跟前添柴拨火，于是就招呼他带来的4名男子朝火堆猛冲过去，他们用手中的木棍——那是他们狩猎的必备武器，把那堆闪光的圣火刨得四散开花，还用棍子击打那些燃烧的树枝之后，立即逃之夭夭……

当时值夜的人看清了毁坏火堆的是4个黑影，也看清了他们身上都披着狐狸皮，这娲姆当然知道。然而除此之外，关于蛮为何带人来、飞为何到嫦娆沟去，等

娲姆洞的天火
——西侯度原始先民取火记

等，一嘟噜情况，娲姆又如何能知道呢？既然她一点儿也不知道这些情况，她又怎么能够推断出圣火的毁坏者是谁、他们为了什么原因要毁灭圣火呢？

娲姆尽管费了不少脑筋，但到底也没能理出一个头绪来。后来她对自己说："不想那么多了。他们是什么人、为了什么目的，慢慢就会水落石出的。"她嘱咐娲姆洞的全体人员说："这件事给我们大家提了个醒，那就是窥视我们的不只有猛兽，还有些居心叵测的人哩。大家都要多长个心眼，防范这些黑影人！"

娲姆洞人从此提高了警惕。夜间的值夜人总是围着火堆而坐，他们不时地注视着周围的动静。一有风吹草动，便打起呼哨，娲姆洞人听到呼哨便会一跃而起。然而从此之后，夜间的黑影再也没有见过，类似的毁火事件再也没有发生。

蛮这几天心里特别的高兴，因为他以为娲姆洞的那堆圣火被他带去的人彻底毁灭了。"嘿嘿，让你们烧肉吃吧，让你们烤果核吧——现在，你们恐怕只有伤心的泪在流了！"

蛮知道娲姆和呼都是非常聪明的人，他们并不好惹。因此他这几天总是用心打听娥姬岭那边的消息，他希望娲姆洞的人拿着木棍和石块找娥姬岭的人算账。若是这样，他们一定两败俱伤。嘿嘿，那该多好啊。可是他打听来打听去，嫦娆沟人带回来的消息总是说没听说娥姬岭发生什么事。蛮很泄气。

这天早晨，嫦娆对蛮说："过几天我们就要去娲姆洞向他们庆贺了。到时候你跟我一起去吧。"蛮说："嫦娆,我左眼瞎了,不好看,怕人笑话。我不去行吗?"嫦娆说:"你不去不行,听说娥姬要带着飞去呢。再说,圣火也是娲姆的儿子呼冒死取回来的,他是你的表弟,你去了他一定很高兴的!"

蛮正想再找个理由把这事推掉,忽然他脑瓜一转说:"母亲,听说咱们准备给娲姆洞送一份厚礼呢。"嫦娆说:"是啊,昨天旦旦他们猎获了一头肥鹿,我这就让人把它宰割好了,捡最大块的最肥美的鹿肉给他们带上!"

"母亲说得对。要送就送重礼、送好礼!免得说我们嫦娆沟小气。我们把鹿心鹿肝也送给他们吧。心和肝是最尊贵的食物啊。"蛮满脸堆笑地说。嫦娆看到平时蛮不讲理的儿子今天通情达理,十分高兴。蛮又说:"让我帮他们打点这些鹿肉去吧。"啊,一贯游手好闲的儿子又积极主动要求干活了,嫦娆更加高兴,她说:"好啊好啊,那你趁早去吧!"

其实,刚才蛮脑瓜一转的时候,他就心生恶念了。什么恶念?他在心里想:哼,我一肚子的气正愁得没办法撒呢,这不,眼下机会就来了!嫦娆要给你娲姆洞送礼,我就给你送个重礼——让你们吃了肚子疼!

不一会儿,蛮就来告诉嫦娆说:"鹿肉和鹿心肝都准备好了。我现在就到树林子里去割一捆草藤回来,用它把它们包裹好。"嫦娆点头说:"好啊,给人送礼是要有点讲究的,肉块是要用草藤缠裹起来才显得好看。蛮,要不要再叫个人与你一同去?"蛮拍着胸膛说:"你看我身强力壮的,割一捆草藤算什么事呀?我一人去就够啦!"在场的人看到蛮今天的表现,都感觉有点惊讶。但是大家什么也没说。

蛮是中午时分出去的,可是一直到傍晚才回来,他身上背着一大捆细长的草藤。群落里有人悄悄议论说:"不就是割几根草藤嘛,蛮怎么用了这么多时间?"蛮的事只有蛮知道,别人怎么能清楚呢?

好在那天夜里有月色,嫦娆沟的人们借着月光把鹿肉用草藤仔细缠裹起来,这样既好看也便于携带。最后,由蛮把这些礼物提走放在了一棵大树下面,而整整一夜,蛮都睡在这几捆礼物旁边,以防野兽前来偷吃。

当黎明的曙光染红了嫦娆沟的时候,嫦娆第一个醒来了。这几年来,嫦娆沟与娥姬岭和娲姆洞都很少走动了,因为大家都平静地、平常地生活着,似乎没有什么可让大家相互走动的理由。今天要去娲姆洞了,三姐妹要见面叙话,她不禁有些激动。嫦娆让蛮、根和兔几个年轻小伙子随同自己前往娲姆洞。此时鲜亮的朝暾从东方一跃而出,光芒普照大地。鸟儿叽喳欢叫,徐徐清风拂面,嫦娆一行心情愉悦地出发了。

与此同时,娥姬群落的人也在娥姬的带领下,携带着礼物从娥姬岭出发了。当太阳升到一竿子高的时候,嫦娆和娥姬就在娲姆洞前面的草地上相遇了。她们同时出发,同时到达,看起来似乎是一个巧遇,实际上却有缘由。原来,嫦娆沟和娥姬岭到娲姆洞的距离大致相等相当,三个群落的居住地形成一个等边三角形。只要两家都信守"日出时出发"的约定,那"一同到达"也并不奇怪。

第九章 姝娜奔东

娲姆洞人吃过了早餐之后,男人准备出去打猎,女人准备出外采集。正在此时,人疙瘩山那边来了不少的人。接着听见一个大嗓门喊道:"娲姆,嫦娆沟给你们送礼来了!"

娲姆正在火堆旁嘱咐一些事情,听到喊声,她抬眼一瞧,一眼就看见了姐姐嫦娆和妹妹娥姬,两人手挽着手,满面春风地大步走来。娲姆急忙快步上前迎接,她对姐姐和妹妹说:"真想不到是你们来了!"三个姐妹相见十分亲热,她们互相端详,上下打量,都欣喜地说:"咱们都很好,变化都不大!"

娲姆把姐姐和妹妹邀到圣火堆旁的草坪坐下后,嫦娆和娥姬说道:"娲姆,听说你们得到了神奇的圣火,我们非常高兴。特相约前来祝贺!"

娲姆说:"太感谢姐姐和妹妹了!这堆圣火在我们娲姆洞前已经烧了好一段时日了。本想把这事早就告诉你们,可是由于这圣火初来乍到,我们的人还不了解它的脾性,因此就想缓上一段时间再去向你们通报呢。"

娥姬说:"是的,你的心思我们明白。我们都听说了,这圣火虽然神奇无比,能给人们造福无限,可是它也十分娇气,需要耗费大量人力小心伺候,否则就会火光熄灭。若管得不好,还会伤及人和物呢。"

娲姆说:"妹妹说得对。这圣火呢,管好了就是大好事,管不好就成了大麻烦。大概你们也都听说了:前些日子我们这儿两孩子玩火,把娲姆洞里的草铺全烧光了,那里变作一片火场,吓死人了。你们瞧,把这黄土洞壁都熏黑了。好在没有烧着人,也没烧毁我们的存储。不然的话，今冬我们就要吃西北风了！"

嫦娆说："看起来，凡是圣物都有它好的一面，也有它坏的一面。我们人类只有精心应对，才能用其利，而舍其弊呢。"

娲姆和娥姬说："姐姐说得好。"话说到这里，娲姆便叫过来呼与蛮和飞相见，蛮虽然心里恨呼，但此时此地，三表弟相见，他也不敢表现出来。娲姆嘱咐呼给两位首领详细讲述取火和用火的故事。她却要忙着安排烧烤肉食、准备午餐去了。

嫦娆对她说："娲姆，我们带来了肥鹿肉和鹿心肝，你让人把它也烧烤烧烤吧。"娥姬也说："我们的礼物是野羊。着人把它宰了烧烤吧。"

娲姆笑着说："我们娲姆洞昨天猎到一匹三门马。我想你们很少吃马肉吧？今天我们就来个大会餐！"

娲姆挑选了一些精明强干的男人到火堆跟前烧烤这些兽肉，还挑选了一些手脚利落的女人去准备野菜野果。她对娲姆洞的人说："今天大家都不要出去劳动了。我们与客人好好喜庆一番。"大家听了都很高兴。

秋日天短，光阴匆匆，很快，日头就偏过了中午。就在嫦娆沟和娥姬岭的来客还在津津有味地听呼讲圣火故事的时候，娲姆轻声对姐姐和妹妹说："肉都烧好了，请你们品尝品尝吧。"娲姆洞的人呢将一块块烧肉拿了过来，放在一个石板上把肉块用石刀再切成小块，然后分给每个人。其实，嫦娆和娥姬带来的人早就被那迷人的烧肉味馋得流涎三尺了。因为他们从来没尝过熟肉的滋味呢。此刻一说开饭，他们立即上手上口，狼吞虎咽，吃得满手流油、满嘴流油！一边吃还一边啧啧称奇！娲姆精心准备的野菜野果，却没有一人去动它。

娲姆把烧好的鹿心捧给嫦娆说："姐姐，鹿心是最珍贵的食物，又是你们送来的重礼。我让人精心烧烤了一下，你尝尝烧烤过的鹿心是不是更加好吃呢？"嫦娆说："你应该让娲姆洞的人都分享啊。"

呼和娲姆洞的人们都说："我们正在分享鹿肝和鹿肉呢。"娥姬也劝嫦娆说："鹿心只有一颗，算是我们姐妹俩的一片心意。姐，你先尝尝再说嘛。"嫦娆看了大家一眼，此时每个人都在争先恐后地吃鹿肉、羊肉和马肉呢，那阵势，好像吃慢了就吃不上了似的！这一颗小小的鹿心，谁还在乎它呢？于是她不再推辞，开始慢慢地享用了。

然而当她刚把鹿心捧到嘴边准备咬第一口的时候，蛮却突然在草地上喊道："嫦娆，鹿心你不能吃！"娲姆和娥姬道："孩子，只有你母亲才最有资格吃它呀。"接着她们又对嫦娆说，"蛮长大了，多懂事理啊！"嫦娆笑着说："蛮，来到娲姆洞做客，我们也不能拂逆主人的好意啊。"

蛮说："母亲，那鹿心你真不能吃！"嫦娆说道："蛮，话已经说明白了。我们要懂事理呀。""我们要懂事理"这几个字嫦娆说得很轻巧，但蛮听得出来其中的分量，那意思是说："你不必再多话了，要给娲姆和娥姬面子，不要不懂得道理！"

这时候飞和呼突然跑上来，一人拽住蛮的一只胳膊把他拖走了。他俩边走边说道："走哇走哇，咱们吃了不少肉了，该到湖边去喝点水了！"蛮嘴里还嚼着一大口马肉呢，他想挣脱两个表兄弟，但怎奈这两个强壮的汉子一左一右把他死死控制住了，他的双脚不由得跟着他们奔跑……

呼和飞几乎是把蛮架着跑到湖边来的。饮马湖的水今天也像天色一样湛蓝湛蓝的。蛮小时候也曾跟着嫦娆来湖边玩耍过。吃了一肚子烧肉，蛮确实是想喝点水了。可是他似乎心神不定。呼和飞各自用手掬着湖水喝了个痛快，而蛮只是勉强地用一只手撩了点水喝，然后就站起身朝娲姆洞方向张望。他嘴里喃喃地说："不能……不能。"

呼瞧了瞧蛮的左眼问道："蛮，你的眼睛怎么回事啊？"飞也说："是啊，那天我去嫦娆沟没见到你，不知道你已经变成一只眼了。"

蛮听了他们的话，慌张的脸色一下子变得十分难看了。他说："剑齿虎，哦，它是被那只母剑齿虎戳伤的！哼！"说罢，迈步就朝娲姆洞走去。呼和飞看见蛮变了脸，就不敢再跟他开玩笑了，也跟在蛮身后快步走到了娲姆洞前。

此时所有的人都已经吃饱肚皮。时辰也不早了，嫦娆和娥姬就起身跟娲姆道别。娲姆也给嫦娆沟和娥姬岭分别回馈了一些烧熟的肉干和烤熟的果核。娲姆对嫦娆和娥姬说："姐姐和妹妹，前些日子孩子们玩火把娲姆洞烧了之后，我就跟娲姆洞的人都商议过了，决定把这堆神奇的圣火跟你们两家分享。也就是说，我们要从这堆圣火上取下火种送给你们，你们也可以像我们一样拥有这样一堆圣火。"

嫦娆和娥姬惊奇地问:"啊,你这一堆圣火还可以分成三堆吗?我们若取走火种之后,你这堆圣火还会像今天这样熊熊燃烧吗?"

娲姆笑着回答说:"是的是的。在娲姆洞草铺着火之前呢,我们也都以为呼取来的天火就是一个天火,它就像一个人或一头大象无法肢解,是不能分出另外任何火堆来的。而那天娲姆洞一烧,我们才明白圣火本来也可以分家。因为孩子们就从圣火堆上点的火种。你只要从火堆上取下火种,它就可以燃烧起另外一堆或很多堆圣火。我们前几天也刚刚试验过,真是这样的。"

嫦娆和娥姬高兴地说:"那就太好太好啦。我们回去就开始预备能烧火的草木吧。不知娲姆什么时候给我们引取火种?"娲姆说:"从今往后,什么时候都行啊。你们只要做好准备了,我们就把火种送过去。至于如何把火种送到这么远的地方去,我们正让呼他们想办法呢。"

"太好啦娲姆。到时候娲姆洞的人还要教会我们如何用火呀!"娲姆说:"那当然啦。"

"告辞啦,告辞啦!"嫦娆沟和娥姬岭的人一起跟娲姆洞的人道别。娲姆、呼和妹娜等许多人一直把他们送过了人疙瘩山,并目送他们远去、直到看不见了踪影之后,这才返回娲姆洞。

当晚,娲姆就与娲姆洞的全体人员再次商议,大家一致同意把娲姆洞的圣火分别赠给嫦娆沟和娥姬岭,让他们一起分享上苍的恩赐。娲姆说道:"圣火取自于上天,理应为天下人共有,娲姆洞人无权独享。"

呼说:"娲姆,嫦娆洞和娥姬岭都离我们这比较远,比我取来圣火的地方远多了。我们得想个好办法,才能把圣火顺利送去呢!"娲姆说:"大家都开动开动脑筋吧,咱们共同琢磨一个好办法。"

姝娜发言说:"我想了一个办法,不知行不行?"娲姆让她说给大伙听听。姝娜说:"咱们在去往嫦娆沟的途中隔一段路就放一堆柴草,然后像前些天咱们的小孩玩火那样,用着了火不容易熄灭的木棍子引上火种,让跑得快的男子拿着火棍跑到第一堆柴草那儿把它点燃,用这堆火点着另一根木棍子,再向第二堆柴草传递。依次向前,就把火种送达到那里了。"

大家都说这办法不错,呼也觉得这办法可行。于是娲姆吩咐道:"呼,你就负责送火种的事情吧。该做什么准备就做什么准备。明天我就让人通知嫦娆沟和娥姬岭,大家确定一个日子,让他们的人也从各自的住地安放柴草堆接应咱们。"

就在娲姆洞人聚集在圣火堆旁,商量着如何给嫦娆沟和娥姬岭送火种的时候,嫦娆沟却传出了一阵痛苦的呻吟声。发出这呻吟声的不是别人,而是嫦娆沟的首领嫦娆。嫦娆离开娲姆洞回到嫦娆沟之后,夜幕就降临了。早出晚归,跑了不少路,然而嫦娆还不觉得累。她饶有兴致地跟嫦娆沟的人讲述今天在娲姆洞的见闻,把圣火的故事一一讲给他们听。她还告诉他们说:"娲姆主动提出要把圣火的火种传给咱们呢。用不了几天,我们嫦娆沟的人也能吃上用火烧熟的兽肉啦!"

嫦娆沟的人听了十分欢喜,大家都把今天随嫦娆去过娲姆洞的根和兔簇拥起来,问这问那,大伙都在憧憬着圣火到来之后的美好生活。

而热情洋溢的人群之中,却没有看到蛮的高大身影。他在哪儿?他此时悄悄跑到旁边的山丘上去了。他一人坐在树下,唉声叹气,但他也不敢大声,怕被嫦娆沟的人听见。

蛮为何要唉声叹气呢?因为他知道自己做下了一桩不可饶恕的损事!"唉,嫦娆,我的母亲,嫦娆沟的首领,她,她……"蛮喃喃地念叨着,突然听见嫦娆沟里的人喊道:"嫦娆中毒啦!嫦娆中毒啦!"蛮脑袋轰响了一声,不由自主地站起身,摇摇晃晃走下小山丘。

还没走到嫦娆跟前,他就听见了嫦娆极其痛苦的呻吟声。那声音很大,刺耳,也刺心!蛮急忙跑到嫦娆跟前,只见嫦娆躺在草铺上哎哟哎哟喊叫着,她双手捂着腹部,浑身抽搐,嘴里冒着白沫,腿脚一直在乱蹬乱踹。不一会儿,就昏厥过去了。一名老者懂得如何用药草医病,但是他此时束手无策。他说现在天色太黑了,他无法看清楚嫦娆的脸色、嘴唇和舌头,因此不知道她这是怎么了。

只有蛮心里有数。但他只是伏在嫦娆身边流着眼泪,一言不发。挨到黎明时分,人们发现嫦娆已经手脚冰凉,嘴里也没有气了。那位老者仔细观察了嫦娆的面色,又掰开她的嘴瞧她的舌头。之后,他对蛮和众人说:"首领是中毒而死的。她肯定吃了一种叫红蘑菇的毒罩。这东西毒性极大,指甲那么大一点的小蘑菇头就

第九章 姝娜奔东

能把人毒死！"

老者问蛮和根等人道："你们昨天随首领去过娲姆洞，她到底在那里吃了什么？"根说："我见她吃了一个野果和一些烤熟的果核。不过，那些野果和果核大家都吃了。我也吃了不少呢。"

老者摇摇头说："那些食物应该是没有问题的。"蛮说："我只见她吃了一颗烧烤过的鹿心。我当时就劝她不要吃，可是根本她不听。"

"这鹿心本是我们送给娲姆洞的礼物，也应该是没有问题的。"兔说道。"可是，那鹿心是又经过烧烤之后她才吃的呀。如果娲姆洞人在烧烤的时候给鹿心放上了红蘑菇，那嫦娆一吃还不中毒吗？"蛮争辩道。

这时候，高个子旦旦说："如果嫦娆在娲姆洞就吃了毒鹿心，可是她为何一路走回来也没有事呢？"老者道："旦旦，你有所不知，这红蘑菇毒性虽大，可它毒性发作慢，人吃了它至少要半天或多半天以后才发作呢。"

"照这么说，嫦娆一定是在娲姆洞中的毒！黑心的娲姆洞人！"蛮咆哮着跳起来！他粗壮的胳膊挥舞着，把飞在空中的苍蝇都打落在地上："娲姆洞人害死了我的母亲、害死了嫦娆沟的首领！我们嫦娆沟的人一定要去报仇！"

此时妇女和孩子们都围在嫦娆身边哭泣流泪，而嫦娆沟的男子们却群情激昂、义愤填膺，他们在蛮的鼓惑之下捶胸跺足，又跳又蹦又喊又叫。根说道："嫦娆洞的全体男子听着：娲姆洞的人害死了我们首领，我们找他们报仇去呀！"他这一喊，男子们呼啦啦纷纷举起了

第九章 姝娜奔东

手中的木棍，那是他们对付猛兽才使用的武器。

高个子旦旦高声问道："大伙先不要冲动，我只问一声：娲姆洞人为何要放毒害死咱们的嫦娆呢？嫦娆可是娲姆的亲姐姐啊！"蛮嚷道："那娲姆是想害死嫦娆，把咱们嫦娆沟的人口全归了她的娲姆洞呢。因为他们有了圣火，自以为比我们强大、比我们智慧了！"

"走啊！把她的火灭了！把她的娲姆洞踩平了！把他们那儿的妇女都抢来给咱们生孩子！"根狂叫着。蛮举着木棍喊道："为嫦娆报仇的都跟着我去吧！"

第十章 火亮地球

　　面对大自然的万物万象，原始人类显得是多么渺小和孱弱啊。一场风雨，一时寒热，甚至就会结果了他们的性命；一只动物，一棵植物，拟或就可以置他们于死地。但是原始人类从不泄气，从不自卑，从不自惭形秽，而是充满生活的勇气和生存的信心。他们总是以昂扬求生的姿态战胜种种困难，成功地在充满危机、遍布杀戮的险恶环境中生存下来。终有一天，原始人找到了火、认识了火，并且与它结成了朝夕相处、须臾不离的永久战略伙伴和命运共同体，人类从此便将生命庇护在了金黄色的火光之中。从那一刻到现在，地球上生生灭灭、络绎不绝的人类用火征服了多少艰难险阻啊。

　　蛮高举着棍棒第一个冲出了嫦娆沟，他的身后，紧跟着十几名男子，个个都是身强力壮的勇士。他们声嘶力竭地呼喊着，直奔娲姆洞而去。人人手里都攥着一根木棍，这是他们跟猛兽和敌人搏斗的最厉害的常规武器。

　　这些人大都是嫦娆沟的好猎手，善于在茫茫草原上追逐羚羊和麋鹿，围堵野猪和野马。嫦娆沟人食用的猎物，大多是他们猎获的。因此，他们奔跑的速度很快。天刚亮时他们从嫦娆沟出发，而当太阳刚刚爬上人疙瘩山的山尖时，他们就已经来到了娲姆洞前面。

此刻，勤劳的娲姆洞人已经吃过了早食，男子准备出外行猎，妇女准备出外采集了。就在这时，人们忽然看到有十几个彪悍的男子一字排开，面对着娲姆洞站在了距圣火堆不到20步远的地方。人们惊愕之际，早听见蛮大声喊道："娲姆，娲姆在哪里？呼，你这赖小子给我出来！"

他的喊声震得娲姆洞的土壁上唰唰落土。而喊声落地后，却不听有人回应。于是那几个男子用木棍戳击着地面齐声喊道："娲姆出来，呼出来！娲姆出来，呼出来！"

声浪在人疙瘩山下回响，滚荡到饮马湖上去了。娲姆洞的妇女儿童被这突如其来的情况惊呆了。而男子们迅速拿起了自己的武器，一字排开站在了娲姆洞前面。这两队男子隔着火堆怒目而视。那两个正在给火堆添柴的妇女看这阵势，吓得丢下柴草跑回了娲姆洞。

蛮喊道："娲姆和呼不在这里。那我们先把他们的火堆毁了再说！""谁敢动我们的圣火，我就敲碎他的脑壳！"娲姆洞这边的男子中，猩猩举着木棍高声喝道。

"不怕他，咱们上！"蛮高叫着。"上！"嫦娆洞的男子一声呼喊就要往火堆跟前冲。

正在这千钧一发之际，只听一个嘹亮的声音喊道："停步！"这声音圆润高亢，振聋发聩。显然，这是娲姆洞的首领娲姆的喊声。嫦娆沟的男子听到这声音是从自己背后传来的,于是扭过头来看。他们看见娲姆披着一头漂亮的长发疾步走来,她的儿子呼和姝娜一左一右跟在她两边。

原来,今天一大早娲姆和呼、姝娜等人到饮马湖勘察鱼情去了,娲姆计划让呼他们趁着秋后鱼儿肥多捕捉些鱼儿,再把它们都烘烤成鱼干馈赠给嫦娆沟和娥姬岭。她是这样想的:姐姐和妹妹他们虽然能猎获各种各样的动物,但是他们那里没有湖水,不可能也不会捉到湖水中的鱼。娲姆洞拥有湖鱼之便,我们烤制些鱼干送给他们,他们一定十分稀罕呢!

湖水中鱼儿有很多,多过以往。鱼儿游,鱼儿跳,鱼儿追,鱼儿闹,娲姆他们越看越是高兴。而恰值此时,远远听见娲姆洞那边嘈杂喧闹,又看见圣火堆前站着不少陌生人,这才急忙赶了过来。

蛮一看见娲姆那大无畏的神态和磅礴的气度,心里一惊,不由自主倒退了两步。娲姆从蛮的身边走过去,走到圣火堆旁,背靠火堆站定。她高声说:"看火堆的人呢?快过来加柴啊,不要让火灭了!"

接着她微微笑着说:"我道是谁呢,原来是蛮来啦。蛮,这些勇士都是嫦娆沟的吧?"娲姆其实早就看见了蛮,蛮虽然只有一只好眼,但是这只好眼也不敢正视娲姆的眼睛。他躲在他的勇士身后说:"都是我们的人。"

娲姆问:"好啊,欢迎欢迎!欢迎你带他们到娲姆洞来做客!呼,你和姝娜赶快去准备烤肉,请这些勇士用食。"呼和姝娜嘴里答应着正要抬腿走,就听蛮喊道:

"我们今天不是来这里做客的,也不吃你们的东西!我们要给死去的嫦娆报仇!"

娲姆惊诧地问道:"蛮,你说什么?我姐姐她死了么?"蛮说:"是的,我母亲黎明时分已经死了!她是被你们娲姆洞害死的!我们要把你们的圣火灭了,把你们杀了!"

"灭了灭了!杀了杀了!"嫦娆沟的勇士们以木棍捣着草地怒吼道,这是他们准备与敌人厮杀格斗之前的必然程序。情况危急,呼攥起了两只拳头,他准备拼上性命来保护娲姆。娲姆忙给他使了一个眼色,示意他站着不要动。

娲姆一字一字问道:"蛮,你再把话说得清楚一点:我姐姐是怎么死的呀?昨天临走时她不是还好好的嘛!"蛮说:"你们昨天让她吃了烧烤的鹿心,嫦娆沟的老者说,这鹿心里有红蘑菇的毒,我母亲是中毒而死的!你们得给她抵命哩!"

娲姆微微点点头说:"我明白了。原来我姐姐是中了红蘑菇的毒而死的!可怜我姐姐,真为失去你难过!"人们看见两行晶莹的泪珠从她眼中滴了下来。

娲姆很快拭了一把眼泪说:"蛮,各位勇士。我和娲姆洞的所有人都可以向你们保证:我们绝对不会加害你们的首领,我们也不会给鹿心放毒。你们想想:嫦娆是我的亲姐姐啊,我们从小就像一个人一样亲密难分。再说,我们娲姆洞何苦要害死她呢?"

听了这话,嫦娆沟的勇士们都怔了一下,手中的木棍都不再捣地了。娲姆说:"我姐姐既已中毒身亡,那么我们要做的是尽快查明原因、让死者安息哪。而最不该的是咱们两个亲戚群落以仇人相向啊!"

娲姆的话句句在理,掷地发声。勇士们听罢,满脸怒气渐消,面面相觑,最后,都把目光投在蛮身上。那意思是问他:"我们怎么办啊?"

蛮看见他带来的勇士被娲姆几句话就说服了,气得要命。他举起手中的棍子对着勇士们吼道:"你们是嫦娆沟的勇士,千万不能听信娲姆的话!我母亲、咱们的首领就是他们害死的!你们给我冲啊!冲啊!灭了灭了!杀了杀了!"

蛮狂一边吼叫就一边对着火堆冲了过来,嫦娆沟的勇士见此情景,也顾不得许多了。他们也跟在蛮后面冲了过来!而呼早一个箭步窜到娲姆面前,攥起拳头准备迎敌。姝娜也从火堆旁捡起一根树杈拿在手中。不用说,站在火堆那面的娲姆洞男子也手持木棍冲了过来。

眼看两队勇士就要短兵衔接、持械相搏、杀作一团!说时迟那时快,正在这节骨眼上,猛听得一人大喊道:"住手!嫦娆沟的住手!"

嫦娆沟的十几名勇士本来已经无心跟娲姆洞人死拼了,听到这声呼喊,便倏然收住了脚步。娲姆洞的男子本来是被迫防御的,现在也闻声而止步。大家一起循声望去,看见那人疙瘩山坡上出现3个人。这3个人嫦娆洞的勇士们全都认识,而娲姆洞的人呢有的人认识、有的不认识。他们全都是嫦娆洞的,一个是高个子旦旦,其余两个分别是月儿和土儿。月儿和土儿都是嫦娆沟的长者,在群落里具有受人尊敬的地位。

娲姆洞的天火——西侯度原始先民取火记

且且他们很快来到了圣火堆前面,三人一起向娲姆打过招呼之后,且且把背在他背上的月儿放到地上。月儿的腿残疾了,不便走路,但可以站立。月儿用目光扫视了一下嫦娆洞的勇士厉声说:"嫦娆死了,你们不说埋葬她,反而跑到娲姆洞打架来啦?你们有什么道理呀?"

蛮说:"是娲姆洞的人把嫦娆害死啦,我们当然要找他们了!"月儿用雪亮的眼睛盯着蛮问道:"蛮,我问你,嫦娆真是娲姆洞人害死的吗?"蛮喃喃地说:"真是的。他们给嫦娆吃的鹿心是放了毒蘑菇的。"说这话的时候,他的眼皮低垂着,不敢正视月儿。

月儿听罢大怒道:"胡说八道,嫁祸于人!土儿,你把你看到的事儿给大伙说一说吧!"

土儿也是嫦娆洞的长者,他生性懦弱胆怯,从不惹是生非。他清了清嗓子说道:"各位,嫦娆是中了红蘑菇之毒身亡的。但是,这毒不是娲姆洞人放的,而是嫦娆沟的人放的。"嫦娆洞勇士听了这话就像野蜂炸了窝!他们问:"谁干这损事儿呀?"

土儿说:"前天傍晚,我看见嫦娆沟回来了一个人,这个人背着一捆青藤,我知道这是给娲姆洞捆绑鹿肉用的。这个人放下青藤就走了,我看到青藤里滚出两个鲜红的红蘑菇,掀开一看,青藤里面还有两个。我以为此人捆绑青藤时不小心把红蘑菇夹杂在里面了,于是等他过来的时候我就提醒他说:'红蘑菇有剧毒,赶快把它埋了吧。'他说好吧好吧。半夜我起来尿尿,看到这个人在树底下鬼鬼祟祟干着什么。我很好奇,就悄悄溜过去瞅瞅。借着月光，我清清楚楚看见这个人把红蘑菇的毒汁挤到了那颗鹿心上面。我当时吓得魂不附体。我想找个机会报告给嫦娆，但此时嫦娆正在熟睡。我想第二天早起再报告吧。可是一大早这个人就跟嫦娆在一起了，我很害怕这个人，所以就没有吭气。谁知他们很快收拾好东西就去娲姆洞了。唉，我真是个胆小鬼啊，为什么我不敢把这事及时地说出来呢！"

土儿说罢号啕大哭。此时只听嫦娆洞的勇士们问："土儿长者，你说的这个人是谁呢？"月儿尖利地说道："是谁他知道！此人就在你们中间！"勇士们啊了一声，呼啦一声围成一个圈，把蛮围在中间。他们用木棍指着蛮说："是你！坏东西，差点上当！"其中有人举起木棍说："打死蛮，为首领报仇！"

月儿说："不可！嫦娆已经死了，我们不要再死人了！蛮，你知道悔改吗？"此时此刻，蛮早就浑身发抖得跪在地上，他痛哭流涕，不住地给娲姆和娲姆洞的人，以及月儿、土儿和嫦娆沟的勇士们磕头求饶。

娲姆紧紧抱住月儿和土儿说："救命的长者，你们真像神一样来得及时哇。若稍晚一刻，娲姆洞和嫦娆沟都要遭殃啦！"月儿说："这个懦弱的土儿，不敢说也是他，敢说也是他！今早蛮要带人去娲姆洞，我们拦都拦不住！这时候，土儿才把真相告诉了我。我不能走路，于是就叫旦旦背上我，我和土儿一起往这里赶。还真来得不早不晚呢！"

娲姆再次向月儿致谢。谁知月儿却放声大哭起来。她说："娲姆，你先不要谢我，我还有大事与你商议呢——你瞧我们嫦娆沟，能捕杀野兽的勇士不缺，而贤能智慧的女人却难找。嫦娆一死，我们连一个女首领都选不出来了。如果这样下去，嫦娆沟用不了半年时间就群散人亡了！我们该怎么办哇？该死的蛮，他弄红蘑菇鹿心，本来是想报复一下呼和妹娜的，却毒死了嫦娆沟最英明的首领！呜呜呜！"听了她的哭诉，嫦娆沟的勇士们也悄然落泪。而蛮此时还跪在地上，呆若木鸡。

土儿说："人常言：鸟无头不飞，人无头不群。我有个想法：反正娲姆和嫦娆是亲姐妹，现在嫦娆已去，不如咱们嫦娆沟的人全归了娲姆洞吧，两家合为一家，接受聪明能干的娲姆的领导！"

娲姆说："这办法不妥！常言道：物以类聚，人以群分。嫦娆沟就是嫦娆沟，娲姆洞就是娲姆洞。我们可以互相帮助、共渡难关，但不可以乘人之危合并人家的群落！"

嫦娆沟的勇士们听了纷纷表示："娲姆说得对。两家合群也不是最好办法呀。"月儿是嫦娆沟德高望重的长者，嫦娆沟里的大事，嫦娆总喜欢是与她商议，征求她的意见。现在听娲姆和勇士们这么一说，月儿也觉得合群之法不妥当。可是她想不出别的主意。

"求谁都不如求娲姆！羊群都得有个头呢，何况人群呢？哪能没有首领？"月儿念叨着，自个先跪到地上说："嫦娆沟的人都给我跪下了，咱们求聪明能干的娲姆救救嫦娆沟！"于是高个子、土儿和勇士们一起跪倒在地。蛮本来就跪在那里，只有他没有动作。

娲姆急忙跑过去把月儿和土儿搀起来，谁知刚搀起

第十章 火亮地球

来他们又跪了下去。此时娲姆真急了。说实话，此事非同小可，她平生闻所未闻，又怎能立刻拿出好办法来呢？

娲姆洞前寂静极了，如同无人之地，空气似乎也瞬间凝固。就在人们即将窒息的时候，忽然一声亮嗓子说道："娲姆，我到嫦娆沟去吧！"人们瞪大眼一瞧：嚯，说这话的原来是娲姆洞的姝娜。她高挑的个子，丰满的双乳，一缕牵牛花的青藤缠在腰间，但也难以遮住她那肥美的后臀。此刻，她正大步走到那堆圣火旁边，站在娲姆和月儿身边，也站在嫦娆洞勇士和娲姆洞全体人员之中。

"姝娜，你……"呼急忙跑到姝娜跟前抓住她的双手，一双大眼睛盯着她的双眼，那意思是说："怎么，你要离开我、离开娲姆洞吗？"姝娜紧紧抱住呼说："你和娲姆洞，我怎么舍得离开呢？可我想到嫦娆沟的几十口生命，我就决心为此而割舍。再说，蛮以毒蘑菇报复娲姆洞，其实也是事出有因，那是因为我无意之中弄瞎了他的眼睛。对此，我也应该向嫦娆沟赎罪。还有，我听说我的生身父亲活着的时候，就是嫦娆沟的一名猎手。如果属实的话，那就是我今生注定与嫦娆沟有天定缘分了。"说罢，眼泪夺眶而出。呼也泪如雨下！

而嫦娆沟的勇士们早丢掉手中的武器冲了过来。他们把姝娜和呼双双抬将起来，举在空中，围着圣火堆转圈。一边呼叫着："姝娜，姝娜，嫦娆沟的新首领！嫦娆沟的新首领！"那几个抬着呼的勇士转了几圈之后，就把呼放了下来，他们簇拥着径直将姝娜抬着往人疙瘩山那边跑去，意思现在就要把她抬回嫦娆沟去了！

这一切发生得又是多么突然啊！弄得娲姆都有些不知所措了。她看看姝娜、看看呼，又看看月儿和那些勇士，再看看娲姆洞的男女老少，娲姆也泪如泉涌！是啊，攸关生命的抉择！她心如刀绞。她爱姝娜至深、爱呼至深，也深知这两个孩子倾心相爱。可是，他也深深为姝娜的决定所感动！真是没看错眼——原计划培养姝娜将来接替娲姆洞首领地位，谁知她现在要去给嫦娆沟当首领了！

呼快步追上那些抬举着姝娜的勇士，他展开双臂拦住狂奔的人群说："你们先等一等！"勇士们于是把姝娜放到了草地上。此时娲姆和娲姆洞的男女老少都围过来了。娲姆对月儿、土儿、旦旦和嫦娆沟的勇士们说："嫦娆沟的长者和勇士们，姝娜是我们娲姆洞最好的姑娘，勤劳智慧，勇敢无畏，是我们娲姆洞的希望。而现在，她自愿决定去嫦娆沟，你们也拥护她做你们的首领。唉，木已成舟，我们同意或不同意又有何用！为了嫦娆沟的老少亲人，我只好割舍我这块心头肉吧！但愿你们善待姝娜！"

呼抓住姝娜的双手说："我不相信眼前发生的一切！姝娜，咱俩真的要分开了吗？"姝娜眼里闪着泪光说："咱俩虽然人要分开了，心却永远永远在一起，情却天长地久不会变！从这一刻开始，我白天望天上的云彩、夜晚看天上的星斗，每昼每夜都在想你等你，你随时可以来嫦娆沟找我……"

灿烂的秋阳升到了人疙瘩山顶，万道金光照射每个

娲姆洞的天火
——西侯度原始先民取火记

220

人的脸庞。娲姆洞前面,人们给圣火堆添上了很大很多的干柴,烈火蓝烟顿时冲天而起!呼、娲姆和猩猩、草草等目送着嫦娆沟的勇士们抬举着姝娜渐行渐远,消失在蕴藏着无限生机与活力的莽原之上……

时光轮回,昼夜交替,对娲姆洞人来说,最近的日子过得似乎有点快。为什么?因为娲姆已经派人去娥姬岭,双方确定了接送圣火的日子,扳指头数数,也就剩下2天时间了。也就是说,大后天,就到了娲姆洞送火种、娥姬岭接火种的日子了。按照呼和娲姆的方案,娲姆洞人从娲姆洞开始往娥姬岭方向摆放柴堆,而娥姬岭的人摆放的火堆则相向而来,与娲姆洞的柴草堆对接。呼根据自己的经验预先做了一些试验,确定了沿途每隔500步放置一个柴草堆。娲姆洞人就近从树林和从天火场上取了很多油性大且比较耐烧的干树枝,点着它传递火种。现在,娲姆洞所有的成年男子和女子都投入到这件事情中来了。可是,直到现在,娲姆洞的柴草还没准备足呢。

呼跑前跑后地忙碌着,统筹指挥这次圣火传送。到了最后一天下午,呼他们摆放的柴草堆仍旧没有与娥姬岭的柴草堆形成对接。于是呼就跟猩猩他们商议,夜间他们都不睡觉,连夜又搜集了不少柴草,增加了十几堆柴草堆。这样,就跟娥姬岭的柴草堆对接起来了。

传送火种的日子到来了!人们十分兴奋。天未大亮,娲姆洞的人就来到了圣火堆旁。娲姆问呼:"都准备好了吗?"呼回答:"好了!"

日出人疙瘩山。娲姆洞人全跪在圣火堆旁边的草地上，面朝辉煌的太阳磕头礼拜。娲姆说："神圣的上苍，神圣的太阳，今天，我们就要把你赐予娲姆洞的圣火传给娥姬岭了。愿这神奇的火种种遍天下、伟大的光亮普照人类！"

娲姆说完，就抱起一捆树枝和干草就投到了圣火堆上，浓烟滚滚，光焰腾腾，呼把精心挑选的树枝伸到火焰上点燃，然后举着这只燃烧的火把迈开大步向莽原奔去，猩猩、草草等许多娲姆洞的彪悍猎人随着他的脚步奔跑，他们每个人都携带着一捆用来引火种的木棒。呼来到他们放置的第一个柴草堆跟前，他手中的火把已经烧掉一多半了，他用它将柴草堆引燃，猩猩则借着火势点着了自己携带的树枝。接着，他擎着火把向下一个柴草堆跑去……

圣火就这样一步一步地向前传递着。不到中午的时候，娲姆洞的人就跟娥姬岭的人见面了。呼给他们简单讲解了传递火种的要领，并举着火把带着他们跑了两个火堆，示范给他们看。娥姬岭的健壮男子心领神会，他们学着呼的样子，把燃烧的火种一直传送到娥姬岭来了。

娥姬带着娥姬岭的全部人员在岭下迎接圣火，他们早就在驻地前面的一个土崖下堆好了树枝和干草。呼把最后一个火把交到娥姬手中，娥姬就用它点燃了这堆柴草。圣火，青烟，在娥姬岭升腾起来！娥姬岭人跪在圣火前磕头感恩上苍、感恩太阳！他们围着圣火跳舞唱歌，狂欢起来了！

娥姬岭人第一次吃上了香喷喷的熟肉。呼他们也第

第十章 火亮地球

一次在娲姆洞以外的群落吃上了香喷喷的熟肉！与娥姬岭人欢庆了一阵之后，娲姆洞的人就告辞回去了。按照娲姆的吩咐，呼把草草留下来帮助娥姬岭人料理火堆。这一是因为娥姬岭人对火的认知几乎是零，草草要对他们传授如何管火用火，甚至如何捡柴拾柴呢；二是因为草草在娥姬岭有个相好，他相信那个漂亮的姑娘也在等他……

当鲜亮的太阳又一次照亮娲姆洞的时候，只听娲姆问众人道："娲姆洞的各位长者和大家好！我跟大伙商量一件事。前几天我们已经把圣火火种顺利传给娥姬岭了。咱们的草草在那里待了几日，也基本上教会了他们怎样添柴和用火。昨晚草草已经回来了。那么咱们下一步，是不是该给嫦娆沟传送火种了？"

听了娲姆的话，全场没有人吭声。娲姆说："请长者和大家发表意见呀。"一位女长者说："要我说，咱们的圣火不给他们传！因为他们前些日子到娲姆洞滋事不说，还要走了我们的姝娜！""是啊，我们损失多大啊！大家都知道，姝娜是呼的相好。如今，却被抬到嫦娆沟跟人家睡草地去了！"另一位男长者也说。

"圣火不给他们，圣火不给他们！让他们自个儿跟上苍要去。如果上苍不给，就让他们永远茹毛饮血、以月照明，昼吃不上熟食、夜见不到火亮！"娲姆洞人说道。看来，他们对嫦娆沟的怒气还不小哩。

娲姆说："哦，嫦娆沟勇士来滋扰我们，姝娜也跟他们走了，大家真是又可气又可惜，说实话，我也是这样的心情。可是，这事情怨谁呢？蛮。所有事情都是他一人造成的，跟嫦娆沟的任何人无关呀。再说呢，姝娜是娲姆洞最喜欢的人，我们能忍心让她在那里茹毛饮血、苦熬暗夜吗？"

所有的人都一言不发。大家不约而同将目光投在呼的身上，似乎都在等待呼的说法：他说怎么办就怎么办。娲姆也将目光投在了呼身上。她知道呼是蛮的最大受害者，他的意见举足轻重。

呼见大伙都注视着他，就挺起胸膛大声说道："姝娜走了，是因为蛮害死了嫦娆沟的首领。姝娜自告奋勇前去领导嫦娆沟一盘散沙似的人群。这对我呼来说，我一万年不会答应的，但对繁荣嫦娆沟几十口生命来说，真是太值得了！姝娜何尝不喜欢我？何尝不喜欢娲姆？何尝不喜欢娲姆洞？我想啊，对比姝娜，我们的心胸是不是显得小了些？因此，我同意把圣火传给嫦娆沟！圣火本来是上苍所赐、太阳所给，理应为每个群落所有、全人类所用哇！"

说完这番话，呼哽咽着，眼泪也淌下来了，娲姆和娲姆洞人的眼泪也淌下来了。忽然，猩猩带头喊道："火种送到嫦娆沟！"大伙紧接着也喊道："把火种送到嫦娆沟！"

娲姆当场吩咐猩猩前去嫦娆沟跟姝娜联络，让她确定日子做好准备迎取火种。猩猩拿上自己的武器立即出发了。太阳西沉之前猩猩就回来了。他说姝娜说了，这回姝娜要亲自带人到娲姆洞来取圣火，日子定在三天之后。而且，她已经想出一个好办法来传递火种，不需要娲姆洞人在沿途摆放柴火堆、也不需要娲姆洞的男子举着火把跑路了。只要娲姆洞的人在娲姆洞前面等候就行了。

三天之后,娲姆洞的人们都在圣火堆前等候着姝娜的到来。半晌午时分,人们果然看见了姝娜率领的人群。姝娜昂首走在人群的最前头,她的腰胯之间,依然围着牵牛花藤编织的围裙,一阵甜香随她而至。嫦娆沟的十几名勇士用长长的树藤拖拽着一个物件来到了娲姆洞前。姝娜一一向娲姆和娲姆洞的男女老少行礼致敬,然后跟呼紧紧相拥在一起。

人们打量姝娜他们拖拽来的物件,原来是他们砍倒了一棵树,把树枝用石头砸折,让它们折而不断。然后抬来一片薄而大的石板放置在树杈上,这就形成了一个大大的扫把状的拖板。

姝娜对娲姆和呼说:"我是娲姆洞人,已经对圣火的脾性有初步了解了。所以我用这个办法,把圣火生在石板上燃烧,我们拖拽着石板行走,边走边给它添柴加草,这样就把火种迎接到嫦娆沟了!"

娲姆赞美地说道:"到底是我们的姝娜聪颖过人啊!你瞧,这不刚刚做了几天首领,就有新创造出来了。我真羡慕!真是嫦娆沟之幸啊!"姝娜不好意思地说:"这都是娲姆和娲姆洞人教我的啊!我感恩还来不及呢。"

说到这里,姝娜对娲姆说:"娲姆,让嫦娆沟的人往石板上安置火种吧。我和呼去一下那里。"她的手飞快地朝种人园方向指了一下,然后拽起呼的手就跑。

呼边跟着她跑边说:"哎,你现在是嫦娆沟的首领了。这,合适吗……"姝娜说:"有啥不合适……"话音未落，他们已经穿过了那些稀疏的树木和低矮的灌木丛……

等姝娜再次来到圣火堆旁的时候，人们已经把圣火在那块可以拖拽的大石板上点燃了。姝娜和嫦娆沟的人跪下向圣火堆磕头礼拜之后，由勇士们拖拽着承载着圣火火种的石板出发了。姝娜向娲姆辞别，她满脸绯红地说："娲姆，我有个请求：我想让呼随我到嫦娆沟住几天，教一教嫦娆沟人如何料理圣火，不知你答应吗？"

娲姆笑着说："我肯定会答应。可不知呼愿意去吗？"呼从娲姆身后站到她前面说："娲姆，我只去三天吧。"猩猩这时跑过来说："上次给娥姬岭送火种是我去教他们用火的，还让我去吧！"

娲姆依旧笑着说："好事不能叫你一人占了。你懂得，应该去的是呼，而不是猩猩。"猩猩吐出舌头做了一个鬼脸说："我懂得。"大伙都笑了。

时光过得飞快，一晃，莽原迎来了漫天大雪，变成了冰冻世界；一晃，冰化雪消，大地回春，莽原上草也绿了，树也绿了，草木都开花了，百鸟放歌，春风宜人；又一晃，春天匆匆而去，夏天光临莽原。

夏天是植物和动物繁荣生长的季节，也是风云变幻、天气无常的季节。这天下午，正在饮马湖捉鱼的娲姆洞人又从平静如镜的湖面上看到了天上翻滚的乌云，乌云像倾倒的山峰一样可怕，又像怪兽一样令人生畏。这是苍天向他们发出的警示信号，告诉他们有一场恶风暴雨就要来了。于是捉鱼的人迅速收起放在湖边草地上的鱼，急忙返回娲姆洞。

他们距娲姆洞其实不过六七百步远，可是等不到他们走到洞口，天空已经黑得如同暗夜了。接着便是雷电交加、大雨倾盆。人们赶紧拖过来两棵从天火场里搬运来的大树，架在圣火堆两旁，又在大树的枝杈上盖上一张张野兽皮，像是给圣火搭了个不规则的简易帐篷。这是干什么？是为了保护圣火，以防它被大雨浇灭。娲姆洞人从多半年的用火实践中，已经知道水能把火浇灭的道理了。去年他们刚刚接触圣火时，并不懂得水与火的关系。后来有一次他们用石碗烧水时，不小心石碗翻倒在火堆上，水把一部分火炭都弄灭了。从此他们又增长了一个关于火的新认知。每逢下雨，他们就在火堆上架树木、盖兽皮，为圣火遮挡雨水。这一招倒也很奏效。今春以来曾有过数次降雨，但娲姆洞的这堆圣火都安然无恙。

而今天这场雨非比寻常，是自圣火来到娲姆洞之后最大的一场雨。雨水淋在兽皮上，兽皮上的水又流到了火堆上。圣火刺啦刺啦发着声响，火花四溅。人们蹲在兽皮棚下，不断给火堆加木柴。木柴着起火来既强烈又耐久，不易被雨水浇灭。这也是他们的认知。

风大雨急，娲姆洞人奋力与暴雨抗争。饮马湖的水位上涨了，湖面都延伸到了距娲姆洞不到二百步的草地上。但是圣火仍在燃烧。雨渐渐小了，人们终于松了一口气。而就在这时，湖面上忽然卷起一道龙卷风。娲姆洞有人曾在草原上见过这种奇怪的风，没想到今天它出现在家门口不远的地方。龙卷风果然厉害，它将湖水卷起来悬在空中，其水柱越来越高、越来越粗，忽南忽北、忽东忽西。不一会儿，这水柱竟朝娲姆洞卷过来。它不偏不倚，恰巧卷到了圣火堆上。那些兽皮顷刻之间就像蝴蝶似的飘走了，龙卷风裹挟的湖水将圣火堆冲洗得片甲不留！巨大的水柱还扑到了娲姆洞里，把人们睡觉的干草全部浇了个透湿！之后，它倏然消失在人疙瘩山坡上。

圣火熄灭了，圣火没有了！今天负责管护圣火堆的两男两女号啕大哭。那些陆续归来的打猎人、捕鱼人和采集人见此情景也失声痛哭。人们觉得好像是天塌地陷了一样！

娲姆此时也回来了。她与几个女子出外采野菜，刚拐过人疙瘩山就听见了娲姆洞的哭喊声。人们见了首领，无论男女老少都哭声一片。不用问了也不用看了，娲姆知道发生了什么事情。她安慰大家说："大伙不必伤心着急，也不要悲伤。风吹雨打圣火灭，像今天的龙风卷水我们是百年不遇的，谁也难以抗衡。也许是苍天以此给我们提醒：必须要用更多的智慧才能保护好圣火呢！"

"那么娲姆，我们失去了圣火该怎么生活呀？是不是又得茹毛饮血、又得摸黑度夜啦？"娲姆洞的人问道。娲姆还未回答，早听呼说道："这不会的。因为除了娲姆洞的圣火之外，我们还有两堆圣火在燃烧呢！它们就在离我们不远的地方！"呼的手向人疙瘩山那边指去。

"啊，娥姬岭还有圣火！嫦娆沟还有圣火！我们的圣火并没有熄灭！我们的圣火并没有熄灭！"人们欢呼着，泪花飞迸！

娲姆洞的天火
——西侯度原始先民取火记

尽管风大雨猛,圣火灭了,但娲姆洞人还储备着可供全体人员吃好几天的熟肉呢。为了便于保存,他们每天都要把前一天猎获的动物宰杀烧烤制成肉干放在那里。夏天的草原和树林里到处都有可吃的野菜野果。娲姆洞人即使不用火,数天之内也应该是生活无忧的。于是娲姆洞人把烦恼撇到了一边,他们高兴起来了。

然而娲姆毕竟是首领,她考虑得更加全面和细致。她把猩猩和呼叫来,嘱咐他们明天分头去娥姬岭和嫦娆沟,一则了解了解那里圣火的情况,二来跟他们商定好娲姆洞人来取火种的日子。

第二天日出之后,呼和猩猩就肩负着娲姆给的任务向各自的目的地出发了。他俩去的地方不同,但一开始走的路线却是重合的。二人刚走了不久,却又飞奔着回来了!他们一边飞奔一边大喊着:"圣火送来了!圣火送来了!"

娲姆洞的男子和女子正准备出外劳动,听到这喊声便一起站在娲姆洞前翘首张望。片刻之后,只见十几名男子拖拽着一根大树从人疙瘩山那边走来了。那棵大树的绿色枝权上放着一片大石板,石板上燃烧着一堆红色的火焰。人们立刻认了出来:"这是嫦娆沟的勇士!是姝娜给我们送圣火来了!"

尾声：赓续的人烟

一年过去了，又是一年过去了，一年一年不断地过去，地球上的万事万物也在随着时空的更迭而日新月异。

娲姆群落、嫦娆群落和娥姬群落所劳动生活的这片土地，风调雨顺，气候宜人。草原上的草丰美而葳蕤，丛林里的树木茁壮成长，生机盎然。人疙瘩山对应着四季而展现不同的迷人的风景，从春天到秋天，种人园里依然是绿茵铺地，宛如松软的大床。饮马湖如同苍天丢弃在大地上的宝镜，它上映高天流云，下照湖边山影，鸟兽和人形也会时不时地映照在其中。春夏秋冬，四季轮回，每年都会有无数的花朵开放，都会有无数的果实成熟。飞禽走兽们弱肉强食，遵循自然法则繁衍后代，生生灭灭走着自个进化的道路。人类也在火的照耀下，加速了身体和智慧的进化步伐，他们一年比一年更聪颖，一年比一年更强壮。

由娲姆洞首燃的人类之火，依然在娲姆洞、嫦娆沟和娥姬岭的原始人类聚居地熊熊燃烧。几经风雨，几经磨灭，但他们各个群落之间互相帮衬照顾，使得这堆"人类之火"从此永远燃烧，从未熄灭和中断。

这是若干年后一个春天的上午,春日载阳,和风送暖,四野草木葱茏,鲜花开放,百鸟欢鸣,捉对调情,百兽欢跃,生龙活虎。呼与草草、猩猩和石等几位伙伴,踏着灿烂春光来到了嫦娆沟。姝娜好像心有灵犀似的,她一早起来之后就觉得呼今天可能要到嫦娆沟来,于是她匆匆地吃了一些食物,就牵着虫儿的手迈步走出嫦娆沟。果然,她和虫儿刚刚走到山口,就看到了迎面而来的呼和草草等一伙人。这几个人都是娲姆洞的老朋友,姝娜是跟着他们一起长大的,所以对他们十分熟悉和亲切。尤其是看见了呼,就像看见突现在眼前的彩虹似的,那份惊喜和激动不可言传。

呼看到了姝娜和她身边的楚楚动人的少女,心里跟姝娜见到他一样激动。他朝姝娜跑过来,跑到姝娜跟前,突然蹲下身子,伸开粗壮的双臂把姝娜身旁那个小姑娘抱了起来,并抱着她原地转圈。小姑娘乐得咯咯大笑,声若银铃。呼对她说道:"虫儿,你好吗?想我吗?"

虫儿很认真地回答:"我很好。我常常想你哩。"她的话把大伙儿逗乐了。呼说:"啊,原来你是常常想我啊?并不是每天都想我啊。"虫儿说:"常常就是每天呀,甚至比每天还要多呢!"

猩猩从呼手中接过虫儿,把她高高举在空中说:"孩子,我问你:你为什么常常想呼呢?"虫儿看了看姝娜,又看了看呼说道:"因为姝娜告诉我:呼是我的亲生父亲啊。"

草草走过来抢过猩猩手中的虫儿逗她道:"姝娜说

的不对。我才是你的亲生父亲呢。"虫儿说:"你根本不像。我看你的眼睛那么小、头发那么稀,姝娜怎么可能和你生下我呢?"说着,她在人们的一片笑声中挣脱草草的双手跑到呼的跟前。她的脸蛋紧贴着呼的右胯说:"他才是我父亲呢!"大伙儿又是笑声一片。

在欢快的气氛中,姝娜说:"欢迎你们来嫦娆沟!"她问呼:"呼,娲姆好吗?我约莫一年时间没有见过娲姆了,非常惦念她。"呼说:"娲姆很好,可就是年纪大了,耳目都不太好使了。但是她的记性仍然很好,她经常念叨你。今儿就是她吩咐我们专程来看望你和虫儿的。你瞧,这几捆烤制的干鱼,就是她吩咐我们给嫦娆沟带来的。她说嫦娆沟没有大水大湖,你们不容易吃到这么大的鱼。"

姝娜表示感谢。呼又拿过来一个用树皮和草茎编织的项圈戴在虫儿的脖项上说:"孩子,这是娲姆奶奶亲手编制的,他吩咐我今天一定要我把它戴在虫儿的脖子上。"虫儿高兴极了,说:"多漂亮啊!谢谢娲姆奶奶!"

姝娜说:"咱们到嫦娆沟叙话吧。那儿有我们前不久才采集的蜂蜜呢。"虫儿说:"呼,蜂蜜可甜呢,非常好吃。"

说着走着,不知不觉之间,姝娜已经带着他们来到了嫦娆沟的中央。那里有一处土山环拥的平地,平地上长着几棵冠盖如伞的大树。依偎着山崖,人们用树木搭建了一座棚子。棚子虽然十分原始简陋,却可以遮风挡雨。姝娜和嫦娆沟的男女老少就栖息在这个棚子下面。木棚对个的土崖下有两个天然形成的土洞,一个洞里堆满了树枝柴草,另一个洞里燃烧着一堆柴火,缕缕青烟从洞里飘出来,飘上了天空。

姝娜指着烧火的土洞告诉呼:"这个洞原先住人,后来,我们把人都搬到木棚里住,把火堆移到洞子里面。这样一来,我们的火堆就不怕被大雨浇灭或被大风吹散了。"呼说这个办法能够保护好火种,并说他回去之后也要想办法把娲姆洞的火堆保护起来,今后不能再把火堆放在娲姆洞前的露天地里了。

姝娜让人给呼、草草和猩猩取来了蜂蜜。嫦娆沟所处的矮山上灌木丛生,其中有很多野蜜蜂的窝巢。那些勇敢而机灵的男人们常常冒着危险把蜂巢采回来,蜂巢里通常都有满盈盈的蜜糖。

享受了甘甜的蜂蜜和现烤的鹿肉之后,呼一行就要告辞。呼对姝娜说:"我们是奉娲姆之命来看望你和嫦娆沟的大伙的。"虫儿说:"还有我呢。"草草说:"当然包括你了。"这时,虫儿抱住呼的大腿不让他走。呼抚摸着虫儿的脑袋说:"我们这里的任务已经完成了,而娲姆洞还有好多事情等着我们做呢。要不,你跟我们去娲姆洞吧?那里湖水清湛,碧波连天,鱼儿游来游去的。我给你捉鱼儿。捉到鱼儿就用火烤熟,烤鱼香喷喷的,十分好吃。你还没有吃过呢。"

草草对虫儿说:"湖边百花盛开,蝴蝶翩翩飞舞,好看极啦。我给你逮很多很多花蝴蝶,你从来也没见过那么多!"

猩猩也对虫儿说:"嘿,跟我们走吧,我给你捉花花鸟,还给你烤鸟蛋吃。烤鸟蛋,你绝对没有吃过!我长这么大才吃过两三次呀。"

虫儿被他们说动了。她看看姝娜,又看看呼,终于说道:"姝娜。你同意我去娲姆洞玩几天吗?我会自己照顾好自己的。"

姝娜深情地微笑着说:"你想去的话就去吧。到了娲姆洞,一定记着替我向你娲姆奶奶问好!"虫儿高兴地一蹦一跳径直往山口跑去了。

呼等人一一向姝娜道别。只见姝娜眼里闪烁着泪光,嘴唇微微抖动着。她似乎要对呼说:"我多么不舍得让你走啊!"呼凝望姝娜片刻,姝娜明白,呼此时是想对她说:"我也不舍得离开你!"此时草草喊道:"哎呀,虫儿都已经跑远了。咱们快点儿走吧。"于是大伙儿一起快步去追虫儿。当他们到达嫦娆沟口的时候,看到虫儿正在草地上采摘鲜花。春天的野花开得非常妖艳。她把采到的花朵递给姝娜说:"妈妈,我跟他们走了。我很快就会回来的。"姝娜目送他们渐渐消失在花草葱茏的莽原之中,这才转身返回。

虫儿是个聪颖智慧的孩子,身上流淌着姝娜和呼的血液,因此秉性也酷似她的双亲。这次她只在娲姆洞待了十几天就被呼送回嫦娆沟了,然而短短的十几天时间,虫儿却赢得了娲姆洞男女老少所有人的喜爱。最喜爱她的人自然非娲姆莫属了。娲姆每天夜晚都要虫儿睡在她的身边,给她讲故事,传授一些她这个年龄段可以领会和理解的各种生活生存知识。

虫儿虽然还只是个少年,却对娲姆讲的故事,尤其是火的故事特别感兴趣,总是让娲姆一遍一遍地讲给自己听。娲姆于是就把呼当年如何取来圣火、娲姆洞人如何学习用火、管火,还有娲姆洞给嫦娆沟和娥姬岭赠送火种,以及娲姆洞的火堆被暴风雨毁灭,姝娜又把圣火返赠给娲姆洞,等等往事,一一讲述给虫儿听。这孩子听得十分认真,简直如醉如痴。她一边听,一遍还向娲姆提问题,把她想知道的事情问个水落石出。听罢了故事,虫儿还跑去蹲在娲姆洞燃烧的火堆跟前,帮着叔叔阿姨们照料火堆。他们烧烤食物的时候,虫儿也会给他们当小帮手。

虫儿回到嫦娆沟之后,就把她在娲姆洞的所见所闻和娲姆奶奶讲给她的故事、教给她的知识讲给姝娜和嫦娆沟的所有人听。她讲得清晰简练,尤其是有关娲姆洞取火用火的故事,讲得更加生动传神。姝娜更喜欢聆听虫儿讲述这些故事,因为许多故事都是她与呼和娲姆洞人一起经历过的往事。嫦娆沟的人们也对虫儿的故事十分着迷。大家听过了好多遍了,仍然还想听。于是虫儿就不厌其烦地给大家讲。许多个夜晚,人们就是在星星月亮和火光的辉映下,听着虫儿的故事而甜甜入眠的。

从此以后,虫儿经常要去娲姆洞玩耍。于是姝娜就让嫦娆沟的猎人们外出打猎时多走些路程,将虫儿送到距离娲姆洞不太远的地方,虫儿自个就跑到娲姆洞去了。其实,虫儿来娲姆洞也不完全是玩耍。随着她渐渐长大,她变成了一个手脚勤快、并且喜欢动脑筋的小姑娘。无论是在嫦娆沟还是在娲姆洞,虫儿都跟与她同龄的孩子不一样,她喜欢操心管事,喜欢帮助大人们干活。比如拾柴、添火、做饭,晾晒和储藏各种食物,几乎一刻也不停歇,有时候比大人们干得还多呢。每次娲姆劝她休息的时候,她总是说:"我不累呀。"

　　有许多活儿由于她年龄小还干不了,可是她也喜欢参与。她在一旁仔细地观察大人们如何干,一边观察一边问这问那的。人们见她勤奋好学,也就乐意教给她各种知识。虫儿总是睁大眼珠认真聆听和领会,把人们的话铭记在心里。

　　说来也奇怪,虫儿出生在嫦娆沟,她却对娲姆洞有着深厚的情感。也许因为她是呼和姝娜所生吧?自从她到过娲姆洞以后,就喜欢上娲姆洞了。她喜欢人疙瘩山,喜欢饮马湖,也对那片神秘的种人园有一种莫名其妙的猜想。她十分喜欢饮马湖的水和水中的鱼儿。她喜欢远远地看着麋鹿、羚羊和野猪野牛们成群结队到湖边饮水,也喜欢跟着呼他们到湖边用木棍和石块扎鱼、打鱼。她很喜欢吃烤熟的鱼儿。她不惧怕湖水。有一次,有一个同伴掉进了湖里,她奋不顾身跳进湖水中把他拉了出来。她还常常下到湖水里扑腾,后来竟然能在水中游来游去。娲姆洞的人都认为虫儿是个奇人,连呼也觉得这不可思议。

　　虫儿体格强壮,像男孩一样有力气、有胆魄。她看到大人们上树采摘果实,也仿照他们的样子上到大树梢上。而跟她一般大的男孩子也没有她这样大胆和利索。

　　春去秋来,时光演进。不知不觉,两三年时间过去了。姝娜在这期间又怀孕妊娠,生下了一个男孩。嫦娆沟的人们闲暇时议论说这孩子像谁像谁,但是姝娜心里有数:这个男孩也和虫儿一样,都是呼和她的孩子。平日里，姝娜既要料理嫦娆沟的事务，还要抚养自己的婴儿，又忙又累。但不管多忙多累，她始终关注着虫儿的成长。她发现虫儿这几年飞快成长起来了。而且她在娲姆洞待的时间，比她在嫦娆沟待的时间要多得多了。可以说，一年之中，虫儿就能在娲姆洞待上八九个月。

"这孩子，不愧是娲姆洞人的后代。将来呀，她能不能留在嫦娆沟还不好说呢。"姝娜仔细梳理了一下娲姆洞的情况，她似乎感觉到了什么。

娲姆看到虫儿这样出色十分欣慰。她常常夸奖这孩子有能耐。岁月不饶人，青壮悄然去，意气风发的娲姆如今已一日衰老一日。她浑圆而软和的腰开始佝偻了，牙齿脱落了一半，手和脚都不灵敏了。她依偎在娲姆洞的土壁上，一双老眼凝望着饮马湖那边西下的夕阳，夕阳的余晖照亮她灰白的头发和褶皱的面庞。

突然，娲姆看见那一轮夕阳掉下去了，它掉进天上一堆火红火红的云霞之中。就在这同一时刻，娲姆觉得自己的腿发软，软到不能支撑整个身体了，于是她也随着夕阳慢慢坠入灿烂的霞光之中……

人们急忙把瘫倒在地的老娲姆抬到草铺上。娲姆神志依旧清醒，她对人们说："把呼和虫儿叫过来。"呼和虫儿正在火堆旁烧烤今天猎获的野兔子，为大家准备丰盛的晚餐。听到人们呼喊，父女两人急忙来到娲姆身边。

娲姆苍白而平静的面容忽然闪射出像天边晚霞一样的光彩！她对呼、虫儿和全体娲姆洞的男女老少说道："我老了，马上就要咽气了。我这一生能和大家一块度过，尤其是能和大家一起享用圣火，我心满意足。"

娲姆抚摸着虫儿的头发说:"虫儿,你长大了,也懂事了。你是娲姆洞的后代,你母亲姝娜是为了嫦娆沟的人群不散,才去那里当首领的。她是娲姆洞的优秀姑娘。"娲姆忽然放大声音说:"虫儿,你喜欢娲姆洞,娲姆洞的人也喜欢你。现在,奶奶给你改个名字吧——从今往后,你就叫娇婵吧。"

虫儿望着娲姆,轻轻地点了点头。娲姆又对呼和娲姆洞人说道:"如果你们认为她可以胜任的话,那么我死之后,就推举娇婵作娲姆洞的首领吧。"

娲姆最后说道:"火,我们娲姆洞人取来的圣火,比我们的生命还重要,大家一定要管护好它。天底下的人,只要有需要,我们就把火种传给他们,传得越多、传得越远就越好……"说完,闭目而逝。此刻,西方天边的火红色云霞也倏然黯淡下来……

这真是让娲姆洞人悲痛欲绝的事情!星星和月亮不忍面对这伤心的一幕,于是便用厚厚的云层遮住了自己的面容。就在黑漆漆的夜色之下,娲姆洞燃起了明亮的火把,点亮了一个个火堆,呼、娇婵和娲姆洞的全体男女老少,用绚丽而圣洁的火光,悲悼他们英明而贤惠的首领娲姆。

第二天太阳升起在人疙瘩山的时候,人们把娲姆安葬在娲姆洞人的墓地里。大家不分男女老少,每人手捧黄土,一抔一抔覆盖在娲姆身上。金色的晨曦也将璀璨的光辉镀在娲姆的坟头。

上午的太阳灿烂无比。呼和娲姆洞的人根据娲姆生前的提议,经过认真商议,大家一致推举娇婵——也就是虫儿担当娲姆洞的新首领。

娇婵说:"我年龄还小,不懂事。这怎么行呢?"大家异口同声地说:"我们信任你,相信你能够当好我们的首领。"娇婵于是就不再推辞了。娲姆洞人欢呼雀跃。

娇婵果然不负众望。她年纪虽小,却胸有成竹。当下她就吩咐呼和草草分别去嫦娆沟和娥姬岭通报娲姆洞一夜之间发生的新情况。接着,她挑选了一些身体强壮的男人,让猩猩带领他们前去草原和树林采集柔软的干草,以供今天晚上为娲姆洞人铺新草铺用。其余的人则留下来打扫整理娲姆洞的环境。

呼和草草出发了,猩猩一拨人也行动了。娇婵带领留下来的人把洞内的旧草埔全部收拾到洞外的草地上,并用火点燃。这一是用火来祭奠娲姆,二是清理掉这些已经使用过久,既脏又烂还有各种小虫虫的铺草。

傍晚时分,男人们把采集回来的干草铺在娲姆洞里。这一番拾掇虽然大家都费了不少力气,但是将娲姆洞整理得焕然一新了。娇婵和娲姆洞人开始了他们新的生活……

星移斗转,日新月异。人类在漫漫成长道路上不畏艰险,勇敢跋涉前行。180多万年以来,由呼和娲姆洞的原始人类燃起的这一堆圣火,始终伴随着人类繁衍赓续、生生不灭!圣火以人疙瘩山为原点,向东西南北、四面八方扩展传播。这一缕取自大自然的火种,于是燃烧到了更加广袤的土地之上。寰宇之内,无处没有火光;普天之下,满地皆是人烟。熊熊火光带领人们走向历史深处,走向文明高地……